Iva Procházková

Elias und die Oma aus dem Ei

ISBN 978-3-7026-5953-0
1. Auflage 2021

Einbandgestaltung: Marion Goedelt

Druck und Bindung: Buch Theiss GmbH, A-9431 St. Stefan

Wir legen Wert auf nachhaltige Produktion unserer Bücher und arbeiten lokal und umweltverträglich: Unsere Produkte werden in Österreich nach höchsten Umweltstandards gedruckt und gebunden. Wir verwenden ausschließlich schadstofffreie Druckfarben und zertifizierte Papiere.

Iva Procházková

Elias und die Oma aus dem Ei

Mit Illustrationen von Marion Goedelt

Mitarbeit an der deutschen Fassung: Anna Pokorny

Jungbrunnen

Iva Procházková
wurde 1953 in Olmütz, Mähren, geboren. Weil ihr Vater zu den intellektuellen Führern der Bewegung „Prager Frühling" gehörte, emigrierte sie und lebte in Österreich und Deutschland im politischen Exil. In dieser Zeit machte sie sich einen Namen als Kinderbuchautorin. Nach der politischen Wende kehrte sie in ihre Heimat zurück. Zurzeit lebt sie als freie Schriftstellerin und Drehbuchautorin mit ihrer Familie in Prag.

Marion Goedelt
studierte an der Hochschule für Angewandte Wissenschaften in Hamburg und arbeitet seitdem als freie Illustratorin in Berlin. Neben Bilder- und Kinderbüchern gestaltet sie Schulbücher, Belletristik-Cover und Internetseiten. Ihre Bücher wurden in zahlreiche Sprachen übersetzt und ihre Arbeiten u.a. auf der internationalen Kinderbuchmesse in Bologna ausgestellt.

Inhalt

Kapitel 1

Über Mama, die Prinzessin, und Papa Spielvater

Mit Eltern ist es wie mit dem Wetter. Man sucht sie sich nicht aus. Ob es uns gefällt oder nicht, sie sind einfach da und es hat keinen Sinn, sich zu beschweren.
Um ehrlich zu sein, ist es mit den Eltern schlimmer als mit dem Wetter. Wenn es regnet, spannen wir den Regenschirm auf; wenn die Sonne blendet, setzen wir eine dunkle Sonnenbrille auf, und bei Schneeschauern können wir uns an den Ofen setzen und gemütlich das Fußballtrikot oder die Puppenkleider bügeln. Aber versucht mal, mit einem Regenschirm oder Bügeleisen gegen zickige Eltern vorzugehen! Ich sage: Versucht mal, aber ich meine natürlich: Versucht es auf keinen Fall! Nicht im Traum soll es euch einfallen! Habt Geduld mit ihnen. Vielleicht beruhigen sie sich wieder. Vielleicht werden sie erwachsen.
Wie auch immer, wenn sie euch zu sehr auf die Nerven gehen, erinnert euch an Elias.

Vor nicht allzu langer Zeit ist er sieben geworden und stellt euch vor, seine Mutter hat immer noch nicht gelernt, wie man „Außerirdische" spielt, und sein Vater weiß bis heute nicht, wie richtige Flugdrachen gebastelt werden!
„Du hast es gut!", findet Viktoria, die mit Elias in eine Klasse geht. Sie kann ihre Zähne vorne herausnehmen und isst keine Möhren. „Deine Mutter sieht aus wie eine Prinzessin!"
„Klar", antwortet Elias dann mit lauter Stimme.

Mit Prinzessinnen kennt er sich nicht aus, will es vor Viktoria aber nicht zeigen.
„Was haben die Mädchen immer mit ihren Prinzessinnen?“, wundert er sich dann mit seiner zweiten Stimme, einer leisen, die keiner außer Elias hört. „Wenn alle Prinzessinnen wie Mama sind, hat man nicht viel Spaß mit ihnen.“
Viktorias Mutter ist bestimmt keine Prinzessin. Sie hat graue Haarsträhnen, trägt Hosen, die an den Knien ausgebeult sind, und man langweilt sich nicht mit ihr. Sie erzählt Viktoria lauter spannende Sachen, zum Beispiel wie, als sie klein war, der große Regen kam und sie im Wäschekorb in die Schule paddeln musste. Oder wie die Tante einen Knopf an ihren Schlafanzug nähte und ihn ihr dabei aus Versehen auch an den Bauch annähte: Viktorias Mutter musste tagelang im Schlafanzug herumlaufen, bis sie den Mut fand, ihn abzuschneiden. Außerdem spielt sie mit Viktoria jeden Abend „Schwarzer Peter“ um Erdnüsse und ist Expertin im Schwindeln.
Elias’ Vater ist auch Experte. Nicht im Schwindeln, sondern in Spielen aller Art. Er kann „Schwarzer Peter“ und „Mensch-ärgere-dich-nicht“, er kann Schach, Dame, Mühle, Schiffe versenken, Risiko und eine Menge anderer Spiele. Nicht dass er spielen würde, er verändert sie und macht sie besser, damit sie immer schöner, bunter und lauter werden und viele Leute sie kaufen wollen. Elias’ Vater ist Erfinder von Computerspielen.
„Ich hätt’ auch gern so’n Papa wie du!“, gibt Emil hin und wieder neidisch zu. Emil hat die gleichen Sportschuhe wie Elias, sodass sie sich jedes Mal beim Umziehen in der Turnhalle um sie zanken müssen, weil auf beiden ein großes E steht.

„Du musst zu Hause mindestens eine Million Spiele haben, oder?“
„Ja, mindestens eine Million“, gibt Elias Emil recht, mit seiner lauten Stimme. Mit seiner leisen Stimme wundert er sich: „Was haben die Jungs immer mit ihren Computerspielen? Mit einem Computer kann man keine Erdnüsse gewinnen, und schwindeln kannst du vergessen!“
Eine Mutter zu haben, die Prinzessin ist, und einen Spielvater, sieht auf den ersten Blick wie ein Riesenglück aus. Auf den zweiten ist es ein kleineres Glück und auf den dritten Blick ist das Glückchen schon ganz unscheinbar. Ein armes, kleines Tröpfchen Glück. Und Elias kommt sich arm vor, unendlich arm. Wundert euch nicht darüber, denn mit seinen beiden Eltern ist es nicht zum Aushalten! Ihr würdet aus der Haut fahren! Elias ist schon ein paarmal aus der Haut gefahren, aber er ist schnell wieder hineingeschlüpft, weil

er ohne Haut nicht mal richtig fluchen konnte. Er hat ein Lieblingsschimpfwort. Es ist ein wenig schwierig, aber doch sehr schön. Es geht so:
Schluss-Broccolimus-Käsefuß-Fetter-Popelesser-Bepisstes-Gespenst – Ich hab genug! Es muss sehr schnell gesagt werden und Elias kann es wie aus der Pistole geschossen.
Zum Beispiel am Samstag sagte er es mit Rekordgeschwindigkeit ein paarmal hintereinander. Sein Vater saß am Computer und schrieb etwas. Durch die Fenster schien die Sonne wie der neue gelbe Fußball, den Elias zum Geburtstag geschenkt bekommen hatte. Elias kickte im Zimmer herum, bis er einen direkten Treffer auf die Lampe landete und aufhören musste.
„Geh auf den Spielplatz. Wenn Papa fertig ist, kommt er zu dir raus, dann spielt ihr zusammen mit dem Ball“, versprach die Mutter. Elias ging auf den Spielplatz und kickte den Ball so lange gegen die Mauer, bis er drüberflog und dahinter verschwand. Der Vater saß bis abends vor dem Computer, der Ball blieb im fremden Garten und Elias schimpfte den ganzen Weg vom Spielplatz bis nach Hause: „Schluss-Broccolimus-Käsefuß-Fetter-Popelesser-Bepisstes-Gespenst – Ich hab genug!“
Oder zum Beispiel am Mittwoch. Die Mutter holte Elias von der Schule ab und sagte: „Ich muss mir jetzt einen Film angucken über Schloss Buchlowitz und seine Bilder. Sei brav, mal was Schönes, und wenn der Film zu Ende ist, spielen wir ‚Außerirdische‘ zusammen.“
Elias malte in seinem Zimmer und freute sich. Er wusste, dass seine Mutter „Außerirdische“ nicht spielen konnte, aber er war froh, dass sie es versuchen wollte. Doch die DVD war ewig lang, die Mutter hielt sie immer wieder an und sprang

zurück und notierte sich irgendwas und plötzlich war es Abend, man bereitete das Abendessen vor und „die Außerirdischen“ waren wieder vergessen.
Elias nahm die Bilder, die er gemalt hatte, und zerriss sie vor Wut. Er riss sie in Tausende und Abertausende Stücke. Die Stückchen warf er ins Klo und spülte sie hinunter. Danach war das Klo verstopft. So ordentlich verstopft, dass der Vater es mit dem Abflussreiniger frei machen musste. Dabei schimpfte er mit Elias, und Elias schimpfte zurück: „Schluss-Broccolimus-Käsefuß-Fetter-Popelesser-Bepisstes-Gespenst – Ich hab genug!“
Aber Elias schimpfte mit seiner leisen Stimme, nicht mit der lauten, sodass ihn niemand hören konnte, denn seine Mutter und sein Vater sollten denken, dass er sich schäme und es ihm leid tue. Sie kamen ihm dann beide einen Gutenachtkuss geben und so versöhnten sich vor dem Schlafengehen alle miteinander. Elias wusste jedoch, dass es nur für eine Weile war. Er würde wieder schimpfen müssen, wenn nicht morgen, dann übermorgen, und wenn nicht wegen des Fußballs und der „Außerirdischen“, dann wegen etwas anderem. Weil der Vater und die Mutter machten, was sie wollten. Sie waren unmöglich. Sie waren ungezogen. Und Elias kannte niemanden, der sie ihm hätte erziehen können.

Kapitel 2

Das verrostete Gartentor

Das Problem ist, dass Elias' Mutter und Elias' Vater keine Eltern mehr haben. Also musste Elias von klein auf ohne einen einzigen Opa und ohne eine einzige Oma auskommen. So ein Pech hat selten jemand. Wohin ich auch gucke, alle Kinder in der Umgebung sind besser dran. Zum Beispiel Viktoria – die hat von beiden jeweils zwei. Emil hat zwei Omas und einen Opa, und der hat einen tätowierten Kopf. Milan hat zwei Opas, einen dicken und einen noch dickeren. Gregor hat zwar nur eine Oma, aber die ist eine Kugelstoßmeisterin. Am besten hat es Lucy, die hat drei Omas und zwei Opas, und einer der Opas ist chinesischer Abstammung. Der kann toll Drachen basteln!

Aber es geht nicht nur um Drachen. Omas und Opas haben viele andere Vorzüge, besonders einen: Sie haben fast immer Zeit für einen. Sie können zehnmal hintereinander begeistert die gleiche Geschichte aus ihrer Kindheit erzählen, weil sie immer vergessen, dass sie sie schon erzählt haben. Außerdem wachen sie meistens sehr früh auf, also stört es sie nicht, wenn man zu ihnen ins Bett kriecht und sie meinetwegen ab halb sechs Uhr morgens Gutenachtgeschichten vorlesen sollen.

Opas können meistens Steinschleudern basteln, obwohl sie wissen, dass man das nicht darf. Also machen sie es heimlich und denken sich ein gutes Versteck im Park aus, damit ihr die Schleuder nicht nach Hause tragen müsst und die Eltern

nicht sagen, dass solche gefährliche Dinge nicht in Kinderhände gehören. Omas wiederum wissen, wie man im Pfännchen aus Zucker Karamellbonbons macht, aber sie sind sich darüber im Klaren, dass im Karamell keine Vitamine sind. Deshalb machen sie es nur, wenn sie mit euch alleine sind, und ihr dürft es nicht euren Eltern verraten, damit sie nicht sagen, dass ihr dick werdet und eure Zähne Löcher kriegen. Elias hatte nie viel über Omas und Opas nachgedacht. Er wusste nur, dass ihm etwas fehlte, aber er wusste nicht, was es war und wie er es bekommen könnte.

Einen Tag, nachdem er den Geburtstagsball verloren hatte, machte er sich auf den Weg, ihn zu suchen. Er ging zum Spielplatz, der von einem Park umgeben war, und lief immer weiter und weiter an der hohen Mauer entlang, hinter der der Ball lag. Er lief, bis er in die entlegeneren Gegenden des Parks kam. Eigentlich hätte er jetzt umdrehen müssen, denn seine Mutter hatte ihm strengstens verboten, woanders hinzugehen als bis zum Spielplatz. Aber dann fiel ihm ein, dass Mama gerade auf einem Workshop über Wandmalereirestaurierung war und ganz andere Sorgen als Elias' Herumlaufen im Park hatte. Er sagte sich, dass jede Mauer ein Tor haben muss, und dieses Tor wollte Elias um jeden Preis finden.
Und endlich, da, wo das dichteste Gestrüpp wuchs, entdeckte er ein Gittertor. Es sah aus, als ob es schon lange niemand benutzt hätte. Es war verrostet und hatte ein Schlüsselloch, in dem ein großer Schlüssel steckte. Eine Klinke hatte es nicht, aber als Elias den Schlüssel mit beiden Händen packte, ließ er sich drehen.
Das Tor knirschte und öffnete sich.
Dahinter stand das Gestrüpp genauso dicht. Elias ging zehn Schritte und blieb stehen. Er hatte Angst weiterzugehen. Was wäre, wenn er nicht mehr zurückfand? Was, wenn jemand das Tor abschloss und er nie wieder auf die andere Seite kam?
Elias war schon drauf und dran, umzukehren – als er den Fußball sah. Er steckte im Matsch am Rande eines kleinen Teiches. Elias besorgte sich einen langen Stock und versuchte den Ball aus dem Matsch zu befreien, doch er steckte zu tief drin. Elias blieb nichts anderes übrig, als durch den Matsch zu waten und den Ball mit bloßen Händen herauszuholen ... Aber welche Überraschung, als er feststellte, dass das gelbe

Ding, das er herauszog, gar nicht sein Ball war, sondern ein Ei! Ein großes, gelbes, schmutziges Ei!
Was nun? Vogeleier soll man nicht aus Nestern klauen und auch nicht anfassen, das weiß jedes Kind. Elias wusste es auch. Er hatte aber drei ABER: Erstens hatte er das Ei nicht aus dem Nest geklaut, sondern er hatte es aus dem Matsch befreit. Zweitens wusste er nicht, dass es ein Ei war, sondern dachte, es sei sein Fußball. Und schließlich drittens: Wenn er das Ei nun schon berührt hatte, würde keine Vogelmama es mehr ausbrüten wollen, aber bei Elias zu Hause, im Warmen, würde das Küken vielleicht schlüpfen.
Während sich Elias dieses „Drittens“ überlegte, hatte er das Tor schon beinah wieder hinter sich geschlossen. Er trug das Ei in seiner Mütze und eilte durch den Park nach Hause. An den Ball dachte er nicht mehr. Er fragte sich, wo das Ei am besten aufgehoben wäre, und womit er es zudecken sollte. Wie sah wohl das Küken aus, das bald ausschlüpfen würde? Und womit sollte er es füttern?
Am meisten aber beschäftigte ihn die Frage, ob Mama Prinzessin und Papa Spielvater nicht von ihm verlangen würden, das Ei zurückzubringen – an den Ort, an dem er es gefunden hatte. Das war zu erwarten von ihnen. Elias beschloss, dass es wohl das Klügste war, seinen unmöglichen Eltern nichts von dem Ei zu sagen ...

Kapitel 3

Das Ei verwandelt sich

„Hallo, du bist schon zurück?“, begrüßte der Vater Elias in der Tür und bemerkte gar nicht, dass er etwas in der Mütze versteckte. Er schaute auf seine schmutzigen Schuhe. „Zieh sie im Flur aus, damit du keinen Matsch mit hereinträgst. Falls du willst, kannst du ‚Verloren im Labyrinth‘ auf dem Tablet spielen. Ich muss noch schnell ein Programm herunterladen. Wenn ich damit fertig bin, nehmen wir die Wäsche aus der Waschmaschine und hängen sie auf. Bevor Mama da ist, sollten wir das Abendessen machen. Du hilfst mir den Käse zu reiben, ja?”
„Ja“, sagte Elias und zog sich Schuhe und Jacke aus. Er wartete, bis der Vater sich vor den Computer gesetzt hatte, ging dann in sein Zimmer und schloss die Tür. Er hatte nicht vor, „Verloren im Labyrinth“ zu spielen. Er hob vorsichtig das Ei aus der Mütze und fing an, es zu untersuchen. Es hatte eine dunkelgelbe Farbe, aber wenn man den Dreck abwusch, wurde es vielleicht hellgelb. Elias holte einen Spüllappen aus der Küche und wischte das Ei gewissenhaft ab. Es war leuchtend gelb! Ein Ende war rund, das andere ziemlich spitz. Wenn er das Ei ans Ohr hielt und es schüttelte, hörte er es drinnen leise rumoren.
Wo sollte er das Ei lagern? Elias stellte sich auf den Stuhl und blickte sich im Zimmer um. Ein gutes Versteck schien oben auf dem Schrank zu sein, aber da war eine Blume im Topf, die seine Mutter manchmal goss. Auch unter dem Bett könnte

man das Ei verstecken, doch dort wiederum schnüffelte der Vater ab und zu mit dem Staubsauger. Was war mit dem Sockenkorb? Er stand in der Ecke bei der Heizung, sodass dem Küken kuschelig warm sein würde, und er war vollgestopft mit zusammengerollten Socken und Kniestrümpfen. Mittendrin lag das Ei bestimmt schön weich und würde nicht kaputtgehen.
Da hörte Elias Papas Schritte im Flur. Er hüpfte vom Stuhl, lüpfte den Deckel vom Sockenkorb und vergrub das Ei darin. Jetzt war es nicht mehr zu sehen! Auch wenn die Mutter den Korb aufmachte, würde sie nichts bemerken ...
Nach dem Abendbrot wollte Elias um Erdnüsse pokern, aber einer von Papas Kollegen hatte angerufen und sie telefonierten so lange, dass danach wieder keine Zeit zum Spielen blieb.
„Schluss-Broccolimus-Käsefuß-Fetter-Popelesser-Bepisstes-Gespenst – Ich hab genug!“, schimpfte Elias mit leiser Stimme, damit er nicht aus der Übung kam. Er hatte die Bettdecke bis zum Kinn hochgezogen und war eingeschlafen, bevor die Mutter ins Zimmer kam, um das Licht auszumachen.
Er träumte, dass das Ei einen Sprung bekam und ein wunderschöner gelber Vogel herausschlüpfte. Der Vogel hatte Elias’ Socken an, flog im Zimmer umher und sang mit einer so süßen Stimme, dass Elias pinkeln musste. Er stand auf, ging aufs Klo, und erst als er die Klobrille

hochklappte, merkte er, dass er noch schlief. Schnell wachte er auf, um es gerade noch rechtzeitig zum Klo zu schaffen. Als er ins Zimmer zurückkam, merkte er, dass in der Ecke bei der Heizung etwas leuchtete. Elias erschrak, denn er dachte, dort säße ein Gespenst – aber dann fiel ihm wieder ein, dass er ja nicht an Gespenster glaubte. Und an leuchtende schon gar nicht. Er nahm seinen ganzen Mut zusammen und trat näher. Das Licht strahlte aus dem Sockenkorb!

Elias klappte langsam den Deckel hoch und staunte: Seine Socken leuchteten! Die roten, die grünen, die gestreiften, die mit Biene Maja, mit Batman und auch die neuen mit Robotern – alle seine Socken leuchteten sanft und warm. Als Elias jedoch aufmerksamer hinschaute, sah er, dass das Licht nicht aus den Socken kam, sondern von weiter unten. Er steckte seine Hand in den Korb und berührte das Ei. Es war warm und leuchtete, als ob unter der Schale eine Zwanzig-Watt-Glühbirne steckte. Er konnte der Versuchung nicht widerstehen und nahm das Ei heraus. Wieder rumorte es leise. Elias hielt es sich vor die Augen und betrachtete es aufmerksam. War es Einbildung, dass er innen den Umriss eines Vogelkopfes und eines Flügelchens erkannte? Vorsichtig bettete er das Ei wieder in den Korb und legte sich schlafen. Ihm war wohl zumute. Aus der Ecke strahlte samtenes Licht herüber, langsam schlossen sich seine Augen und bevor er einschlief, dachte er daran, dass schon bald, vielleicht sogar schon am nächsten Tag, ein kleines Vögelchen schlüpfen würde. Elias würde ihm ein Nest bauen, es füttern, ihm zu trinken geben und ihm in allem seine Vogelmama ersetzen.

Am nächsten Morgen verschliefen alle und man hatte es sehr eilig.

„Elias, zieh dich an! Schnell, sonst kommen wir zu spät in die Schule!“, rief die Mutter, während sie wie jeden Tag vor dem Spiegel an ihren Haaren verzweifelte. Sie waren prinzessinnenlang, lockig und man konnte sie kaum kämmen.
„Wieso habe ich kein sauberes blaues Hemd mehr?“, wunderte sich der Vater im Schlafzimmer vor dem offenen Schrank. Blaue Hemden hatte er am liebsten. „Ich habe doch gestern einige gewaschen und ...“ Er stutzte.
„Und vergessen, aus der Waschmaschine herauszuholen“, ergänzte die Mutter aus dem Badezimmer. „Sie schliefen die ganze Nacht in der Trommel.“
„Ich bin wirklich ein Genie“, seufzte der Vater. „Jetzt muss ich ein weißes oder ein graues Hemd anziehen.“
„Sieht so aus“, stimmte die Mutter ihm zu und bürstete ihre Haare so kräftig, dass sie knisterten und ihr vom Kopf abstanden wie Soldaten in Reih und Glied.
„Ich lasse sie mir abschneiden, dann habe ich Ruhe“, murmelte sie. „Bist du schon fertig, Elias?“
Sie sah, dass Elias nicht nur angezogen, sondern im Gegensatz zu ihr auch ordentlich gekämmt war. Sie überflog ihn mit einem zufriedenen Blick von Kopf bis Fuß. Dort allerdings verwandelte sich ihr zufriedener Blick in einen unzufriedenen.
„Du hast ein Loch an der Ferse. Warte, ich gebe dir andere Socken“, sagte sie und eilte auf Elias’ Zimmer zu. Elias erschrak. Was jetzt? Die Mutter würde den Korb mit den Socken aufmachen, das gelbe Ei finden, Elias eine Predigt halten und der Vater würde befehlen, das Ei in den Park zurückzubringen. Seine Eltern würden sich nichts erklären lassen, weil für Erklärungen nie Zeit blieb ...
Elias startete durch. Schnell überholte er die Mutter, stürzte

ins Zimmer, öffnete den Korb, packte das erstbeste Paar, das ihm in die Finger kam, schlug den Deckel wieder zu und rief: „Ich nehm die hier!“
„Wirklich?“, wunderte sich die Mutter. „Ich dachte, die gefallen dir nicht.“
Erst jetzt guckte Elias die Socken an. Es waren die schlimmsten, die er sich hatte aussuchen können. Weiß, mit lollifarbenen Schmetterlingen. Die Nachbarin aus dem zweiten Stock hatte sie ihm geschenkt, aber er zog sie nie an, weil sie ihm zu mädchenhaft vorkamen. Aber jetzt hatte er keine Wahl. Die Mutter stand in der Tür und wartete. Also streifte Elias mit zusammengebissenen Zähnen diese unmännlichen Socken über die Füße, zog aber die Hosenbeine so lang, dass möglichst wenig von dem Lollihorror zu sehen war.
Dann verließ er das Zimmer. Er wusste, dass Emil ihn wegen dieser Socken aufziehen würde. Das verdarb ihm die Laune. Was seine Laune jedoch ein wenig verbesserte, war der kleine Sprung, der sich an der oberen Eispitze abzeichnete. Elias hatte ihn gleich bemerkt, als er den Korbdeckel aufklappte. Er rechnete damit, dass wenn er aus der Schule zurückkam, der Sprung größer und länger geworden war, und dass am Abend – wer weiß – das Vögelchen schon ausschlüpfte.

Kapitel 4

Das weichste Nest der Welt

Abends war das Vögelchen immer noch nicht auf die Welt gekommen. Elias saß in seinem Zimmer und machte Ordnung in der Garage. Er hatte zweiundzwanzig Autos, und in die Garage passten nur sechzehn. Er musste sich entscheiden, welche von ihnen in den Karton kommen sollten und welche in der Garage bleiben durften. Am Ende hatte er die vier mit den meisten Beulen aussortiert, eines ohne Vorderräder und noch eines, ein rotes Feuerwehrauto, das er zwar am liebsten hatte, aber das für die Garage zu hoch war.

Draußen goss es in Strömen. Der graue Himmelskoffer öffnete sich weit, es blitzte und donnerte und auf die Erde fielen große, dicke Regentropfen. Sie peitschten gegen die Fensterscheiben und trommelten so laut auf die Dachrinne, dass Elias nicht einmal die Rittergeschichte auf seinem Tablet hören konnte. Er machte es aus und sah sich das Ei an, wie es zwischen den Socken lag. Es leuchtete bereits ein wenig, und der Sprung zog sich jetzt über seine ganze Länge, von der Spitze bis zum rundlichen Bäuchlein. Elias dachte nach. Wenn das Ei in der Nacht aufplatzte und das Küken schlüpfte, würde es bestimmt vor lauter Socken ganz verrückt werden. Und es könnte zwischen ihnen eingeklemmt werden und vielleicht sogar ersticken! Das musste er verhindern ...

„Elias, komm bitte den Tisch decken!“, rief die Mutter aus der Küche.

„Was brauchen kleine Vögel?“, fragte Elias, als sie alle drei am Tisch saßen.
„Dass sie wachsen“, antwortete der Vater kurz und bündig.
„Vor allem brauchen sie ein weiches Nest mit einem hohen Rand, damit sie nicht herausfallen“, sagte die Mutter.
„Und weiter?“, fragte Elias und schnitt den ersten Knödel an. Aus dem Knödel fiel eine Zwetschge.
„Sie müssen regelmäßig Essen kriegen.“
„Was für Essen?“, fragte Elias. Er häufte Zimtbrösel und Zucker auf die Zwetschge und steckte sie in den Mund.
„Fliegen, Würmer, Käfer“, zählte die Mutter auf. Elias spuckte die Zwetschge zurück auf den Teller, schnitt sie auf und begann sie aufmerksam zu betrachten.
„Was machst du da?“, fragte der Vater und zog die Augenbrauen zusammen.
„Ich suche Würmer“, erklärte Elias. Aber in der Pflaume waren leider keine. Enttäuscht steckte er sie zurück in den Mund. „Und was ist mit Körnern?“
„Vogelküken schlüpfen im Frühling und da ist das Korn noch nicht reif“, sagte die Mutter.
„Aber wenn die Menschen es ihnen geben würden, dann würden sie es doch essen, oder?“
„Und du iss auch. Damit es nicht kalt wird“, forderte die Mutter Elias auf und schob den Teller näher an ihn heran.
„Warum sollten die Menschen das tun? Und wie auch? Kleine Vogelkinder werden doch von ihren Vogeleltern gefüttert.“
Mamas Antwort half Elias nicht viel weiter. Er schnitt den zweiten Knödel auf und schaute zu, wie Dampf von ihm aufstieg. Er überlegte, ob es aus dem gelben Ei auch dampfen würde, wenn es aufging.

„Und was ist, wenn sie keine Eltern haben? Was wird aus den kleinen Vögeln dann?“, fragte er mit Besorgnis.
„Dann werden aus ihnen keine großen Vögel. Die Natur hätschelt niemanden“, erklärte der Vater.
Das Gespräch machte Elias nicht glücklich. Es war klar, dass er auf die Geburt des Vogeljungen gar nicht gut vorbereitet war. Er beschloss zu warten, bis die Eltern ins Bett gegangen waren. Dann würde er mit dem Nestbau beginnen. Am besten nahm er den Lampenschirm von der kleinen Lampe auf Papas Nachttisch. Er war rund, strohig und schon sehr ausgefranst. Neulich hatte Elias Mama sagen hören, dass sie Papa unbedingt eine neue Nachttischlampe kaufen müsste.
Elias lag im Bett und blickte zur Decke. Er beschloss, das Warten zum Nachdenken zu nutzen. Zuerst überlegte er, womit er das Nest für das Vogeljunge auslegen sollte. Dann überlegte er ... Doch bevor er noch überlegen konnte, worüber er jetzt nachdenken wollte, schlief er ein.

Mitten in der Nacht wachte er auf. Im Zimmer bewegte sich etwas. Schnell setzte sich Elias im Bett auf. Er rieb sich die verschlafenen Augen und starrte in die Dunkelheit. Aus dem Sockenkorb ertönte ein leises Rascheln und das samtene Licht schaukelte hin und her. Es wirkte ein wenig gespenstisch. Am liebsten hätte sich Elias unter der Bettdecke versteckt, aber dann übermannte ihn die Neugier. Leise stand er auf, ging mit angehaltenem Atem zum Sockenkorb und hob den Deckel hoch.
Das Ei war immer noch nicht aufgegangen, aber der Sprung zog sich schon ganz um die Schale herum. Es sah aus, als würde sie im nächsten Augenblick platzen und das Vögelchen herausfallen. Offensichtlich versuchte es krampfhaft, die

Schale von innen zu durchstoßen oder sie mit dem Schnabel aufzupicken, denn das Ei schwankte von einer Seite zur anderen. Jedes Mal, wenn es sich zur Seite neigte, rumorte es laut darin. Bei jedem Schaukeln fiel das Ei ein wenig tiefer zwischen die Socken, bis es bald nicht mehr zu sehen war. Elias begriff, dass er das Nest jetzt sofort herbeischaffen musste. Am Morgen könnte es schon zu spät sein.
Barfuß lief er durch den Flur in das Zimmer der Eltern. Sie hatten die Tür einen Spalt offen, schliefen fest und auf Vaters Nachttisch leuchtete der Wecker. Neben dem Wecker stand die Lampe. Elias nahm vorsichtig den Lampenschirm ab und wollte schon zurücklaufen, als sein Blick auf die Mutter fiel. Sie lag am Bettrand, und ihre langen Prinzessinnenhaare hingen herunter, weich und lockig ... Ihm schien, dass er nichts Besseres zum Auslegen des Nestes finden konnte. Die Vogelnester, die er im Park fand, wenn sie von Bäumen gefallen waren, waren oft mit trockenem Gras ausgelegt. Mamas Haare waren weicher als Gras, und wenn Elias ein Stückchen von ihnen abschnitt, würde sie bestimmt nichts merken. Er holte die große Schere aus der Küche, kniete sich neben das Bett und nahm eine von Mamas Haarsträhnen in die Hand. Er konnte gut schneiden. Die Lehrerin hatte ihn erst vor wenigen Tagen gelobt, dass er sehr geschickte Finger habe. Elias überlegte nicht lange. Er nahm die Schere mit seinen geschickten Fingern und – klick! – hielt er ein weiches Büschel in der Hand. Die Mutter bewegte sich leicht, machte „hmm" und schlief weiter. Elias nahm die nächste Strähne in die Hand und – klick! Und noch einmal und noch einmal. Als er fertig war, legte er die Schere zurück in die Schublade, nahm den Lampenschirm und seine reiche Beute an Haarbüscheln und kehrte in sein Zimmer zurück. Vorsichtig

hob er das Ei aus den Socken heraus, legte es in das weich ausgelegte Nest und stellte es neben sein Bett. Er wollte das geschlüpfte Küken gleich sehen, wenn er am nächsten Morgen aufwachte.

Kapitel 5

Elias traut seinen Augen nicht

Er wusste, es war etwas passiert – noch bevor er richtig wach war. In der morgendlichen Stille der Wohnung war wie üblich das Klingeln der Straßenbahn zu hören, das Klappern der Absätze auf dem Bürgersteig, das Hochziehen der Rollläden vor dem Tabakladen gegenüber und das ungeduldige Knurren der Automotoren.
All diese Geräusche kannte Elias. Dieses Mal jedoch mischte sich etwas Neues, Unbekanntes und höchst Merkwürdiges mit hinein. Es klang so: „Uff uff haha ... uff uff hatschie!"
Elias öffnete die Augen. Im Zimmer nieste jemand! Da gab es keinen Zweifel. Es war ein sanftes, leises Niesen. So, wie wenn ein Kätzchen niest. Danach folgte Totenstille.
Elias drehte den Kopf zur Tür. Sie war zu und keiner stand drin. Er guckte zum Fenster. Auch dort war niemand ...
Dann erinnerte er sich an das Ei. Schnell blickte er in das Nest neben seinem Bett. Es war leer. Nur die eine Hälfte der Schale lag drin und ein paar kleine gelbe Federchen.
Elias sprang auf, als stünde er unter Strom. Zuerst schaute er unter das Bett. Außer einem unscheinbaren kleinen Federchen war dort nichts zu finden. Er durchsuchte genauestens alle Ecken des Zimmers – nichts. Hinter dem Schrank fand er die andere Hälfte der Schale. Er schaute in der Garage

nach und in seinen Hausschuhen, fand den Vogel aber nirgendwo.
Was war passiert? Wo hatte sich das Küken versteckt? In seiner Verzweiflung durchwühlte Elias auch sein Bett. Er knöpfte den Kissenbezug auf, schob das Bettlaken zurück und zog den Bezug von der Bettdecke ab. Aber das Einzige, was er damit bewirkte, war, dass er nun selber niesen musste.
„Hast du Schnupfen? Hast du dich erkältet?" Die Mutter öffnete die Tür und blieb wie angewurzelt stehen. „Elias! Spinnst du? Was machst du? Gräbst du dein Bett um?"
Elias stutzte und guckte auf sein Bett. Tatsächlich, es sah aus wie ein frisch umgegrabenes Feld.
„Ich ... Ich wollte die Bezüge wechseln", stotterte Elias verlegen. Doch mit seiner leisen Stimme, mit der, die seine Mutter nicht hören konnte, schrie er: „Ich suche den Vogel, der heute Nacht aus dem gelben Ei geschlüpft ist!"
Die Mutter seufzte, verdrehte die Augen und schüttelte den Kopf. Ihre Prinzessinnenhaare flatterten ein wenig um die Schultern und Elias bemerkte, dass er auf der rechten Seite ein bisschen mehr abgeschnitten hatte als auf der linken. Er hätte gerne gewusst, ob es der Mutter auffiel. Aber wahrscheinlich war sie noch nicht im Badezimmer gewesen und hatte noch nicht in den Spiegel geschaut.
„Wer einen warmen Toast will, sollte sich besser beeilen!", rief der Vater aus der Küche.
„Lass die Bezüge jetzt und komm frühstücken!", sagte die Mutter und verließ das Zimmer.
„Ha ha ... hatschie!", nieste es hinter Elias. Mit einem Ruck drehte er sich um. Seine Augen suchten in der Richtung, aus der das Niesen gekommen war. Er hatte das Gefühl,

dass es aus dem Karton mit den aussortierten Autos kam. Er beugte sich hinunter und erstarrte … denn auf der Leiter des Feuerwehrwagens saß etwas. Es war klein wie ein frisch geschlüpftes Vogeljunges, aber es war kein Vogeljunges. Es hatte kleine Beinchen und noch kleinere Ärmchen, es hatte zwei nackte Flügelchen, die nur hin und wieder mit kurzem gelbem Flaum bedeckt waren, es trug ein hellblaues Kleid und eine dunkelblaue Schürze mit zwei Taschen. Es hatte eine Nase, einen Mund, Augen, weiße Härchen und hinterm Ohr klebte eine Spitze der Eierschale. Es hatte auch Falten im Gesicht.

Es war eine Oma, eindeutig!

Sie hatte keine Strumpfhose an, bibberte vor Kälte und setzte schon wieder zu niesen an. Elias fielen fast die Augen aus dem Kopf. Er ahnte, dass das, was ihm zugestoßen war, etwas sehr Außerordentliches war. Etwas, was vielleicht EINEM Menschen unter Millionen zustößt. Er hatte eine Oma bekommen!! Eine, die zwar nicht so aussah, als wäre sie Meisterin im Kugelstoßen, sie hatte auch keinen tätowierten Kopf, aber dafür war sie seine und nur seine!! Er war sich da so sicher, wie es sicher war, dass er das gelbe Ei ganz alleine gefunden, es ganz alleine aus dem Matsch herausgezogen und es alleine nach Hause gebracht hatte. Und dass er sich ganz alleine darum zu kümmern hatte.

Eine Oma zu haben war ein ungewöhnlicher Gedanke für Elias. Das war nicht dasselbe wie einen Ball, ein neues Spielauto oder Inlineskates geschenkt zu kriegen. Mit einer Oma würde sein Leben ganz anders sein! Endlich würde Elias es genauso gut haben wie andere Kinder! Seine Oma würde ihm Geschichten vorlesen, Karamellbonbons im Pfännchen machen, mit ihm in den Park gehen, „Schwarzer Peter" spielen und ihm lustige Erlebnisse aus der Kindheit erzählen. Sie würde immer Zeit für Elias haben! Aus dem Autokarton ertönte wieder ein Niesen. Elias sah, dass die Zähne der Oma vor Kälte klapperten. Er nahm seine Mütze, die auf dem Kleiderständer hing, und legte sie in den Karton. Dann half er der Oma von der Feuerwehrleiter herunter und bettete sie auf die Mütze. Die Oma gähnte, schloss die Augen und schlief zufrieden ein.

Kapitel 6

Männergespräch

„Erklärst du mir, wie du auf die Idee gekommen bist, deiner Mutter die Haare abzuschneiden?“, fragte der Vater streng, zog einen Stuhl heran und setzte sich Elias gegenüber. Immer wenn sich der Vater den Stuhl so heranzog und sich Elias gegenübersetzte, bedeutete das, dass ein Männergespräch unter vier Augen bevorstand. „Wie konntest du das tun?“
„Mit der Schere“, antwortete Elias wahrheitsgemäß.
„Das weiß ich schon, dass du das nicht mit der Schaufel gemacht hast!“, erzürnte sich der Vater. „Ich frage, wieso du das getan hast!“
Elias dachte nach. Über das Ei wollte er nichts sagen. Und von der Oma etwas zu verraten, wäre sicher nicht klug. Lügen konnte er auch nicht gut. Ihm blieb also nichts anderes übrig, als von hinten herum an das Thema heranzugehen.
„Weißt du noch, wie wir gestern über die Vogelkinder geredet haben und darüber, dass sie ein weiches Nest brauchen?“, fragte er.
Der Vater schaute über Elias' Kopf hinweg auf die Küchenuhr an der Wand. Seine Finger trommelten nervös auf den Tisch. Meistens war er zu dieser Zeit auf dem Weg zur Arbeit.
„Na und?“, entgegnete er ungeduldig. „Was hat das mit Mamas Haaren zu tun?“
„Sie eignen sich für das Auslegen eines Nestes am besten, weil sie noch weicher sind als Gras“, sagte Elias.

„Zum Auslegen von welchem Nest?"
„Von dem Nest aus deinem Lampenschirm."
Vater hörte auf, zur Uhr zu schauen, und sah Elias verblüfft an.
„Du hast meinen Lampenschirm genommen? Wofür?"
„Na, für das Nest!", erklärte Elias. Papas Begriffsstutzigkeit verwunderte ihn. Wie konnte sich dieser Mensch komplizierte Computerspiele ausdenken, wenn er nicht einmal drei einfache Wörter zusammenkriegte: Lampenschirm, Haare, Nest?

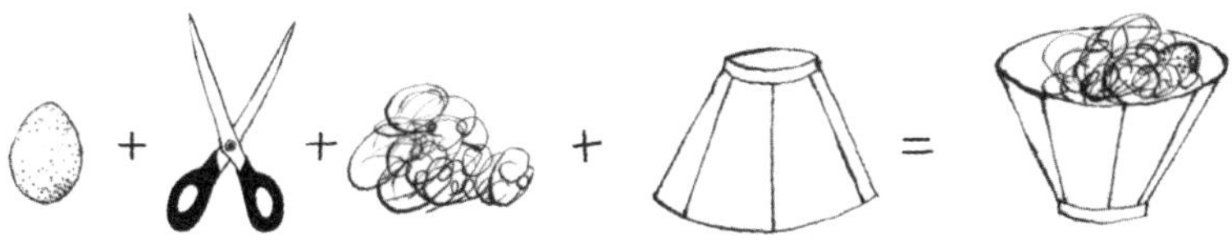

„Ich habe deinen Lampenschirm genommen, habe ihn mit Mamas Haaren ausgelegt und es ist ein super Nest daraus geworden", wiederholte er den Arbeitsvorgang, ähnlich wie seine Lehrerin immer erklärte, wie die Schüler dieses oder jenes machen sollten. Und genau wie sie sprach Elias deutlich und langsam. Es schien, als hätte der Vater endlich begriffen. Seine Augen leuchteten auf.
„Aha! Und jetzt denkst du, dass wenn du das Nest draußen vors Fenster stellst, irgendein Vogel Eier darin legt!"
„Ja", sagte Elias mit seiner lauten Stimme. Mit seiner leisen Stimme, die der Vater nicht hören konnte, antwortete er: „Das denke ich natürlich nicht. Wenn ich es nämlich draußen vors Fenster stelle, würde es bestimmt der Wind runterschmeißen und die Vögel würden höchstens draufkacken."
„Schau mal, Elias", sagte der Vater sanft und legte Elias den

Arm um die Schulter. „Wenn du das Nest draußen vors Fenster stellst, schmeißt es früher oder später der Wind runter und die Vögel würden höchstens draufkacken."
Die Mutter betrat die Küche. Die Strähne hinter dem linken Ohr hatte sie schon zurechtgeschnitten. Nun waren ihre Haare auf beiden Seiten gleich lang.
„Also?" Sie schaute Elias an. Ihr Blick war nicht wütend, eher belustigt. „Habt ihr schon eine Erklärung gefunden?"
„Du hast die weichsten Haare der Welt und mit etwas anderem kann man ein Vogelnest nicht besser auslegen", fasste der Vater das Gespräch unter vier Augen zusammen und stand auf. „Ich hoffe nur, dass sich das nicht mehr wiederholen wird."
„Bestimmt nicht", sagte Elias. „Jetzt brauch ich es nicht mehr."
„Weißt du was? Am Samstag gehe ich mit dir in den Park und wir werden dein Supernest irgendwo auf einen Baum setzen", versprach der Vater. „Vielleicht wird irgendein Spatz oder eine Taube wirklich oben einziehen und Junge zur Welt bringen."
Elias nickte begeistert. Nicht, dass er die Vorstellung eines bewohnten Nestes so toll fand, er freute sich eher darauf, den Vater einen Baum hinaufklettern zu sehen. Wenn er genauso geschickt kletterte, wie er auf einem Bein durch den Flur hüpfte und versuchte, sich den Schnürsenkel zuzumachen, würde es ein wunderschöner, lustiger Samstag sein!
„Zieh deine Schuhe an oder wir kommen wieder zu spät in die Schule", forderte die Mutter Elias auf und ging noch einmal zum Badezimmerspiegel.
„Eigentlich stehen mir die kurzen Haare viel besser", ver-

kündete sie und kämmte sie sich durch, bis sie knisterten. „Und sie lassen sich auch viel besser kämmen."
Elias nutzte den Moment aus, dass weder Vater noch Mutter ihm Aufmerksamkeit schenkten, und lief schnell in sein Zimmer. Er zog den Karton aus dem Versteck unterm Bett hervor und blickte hinein. Die Oma schlief zusammengekauert in seiner Mütze und bibberte noch immer ein wenig.
Ohne Strumpfhose war ihr kalt.
„Sie könnte eine für sich stricken", dachte Elias. Er wusste, dass Lucys und Viktorias Großmütter wahnsinnig gern und unglaublich schnell strickten. Aber seine Oma schien nicht gerade eine Strickoma zu sein. Elias zog ein Papiertaschentuch aus seiner Tasche und deckte die Oma vorsichtig damit zu. Ein anderes Taschentuch ließ er gefaltet und steckte es der Oma wie ein Kissen unter den Kopf. Dann schob er den Karton wieder unter das Bett.
Elias schwor sich, niemandem von der Oma zu erzählen. Sie würden sie ihm noch wegnehmen! Vielleicht würden sie sagen, dass es irgendein Gesetz gab, nach dem Kinder keine Omas in einem Karton unterm Bett halten durften. Elias kannte sich mit Gesetzen nicht aus. Aber er erinnerte sich, wie die Nachbarin aus dem zweiten Stock seiner Mutter einmal auf der Treppe erzählte, dass sie ein Butterbrot hatte fallen lassen und dass das Gesetz der Frechheit es wollte, dass es mit der beschmierten Seite nach unten fiel. Wenn es also Gesetze für Butterbrote gab, gab es bestimmt auch Gesetze für Omas aus dem Ei. Da war sich Elias sicher. Es würde in jedem Falle besser sein, die Zunge im Zaum zu halten.

Kapitel 7

Wurm gefällig?

Die Ecke mit den Kinderwagen und Puppen war eine Ecke im Pausenraum der Schule, wo Elias nur selten hinging. Meistens spielte er bei Regen am anderen Ende des Raums, wo die Kiste mit Lego war, oder er baute mit Emil eine Autobahn oder sie kletterten zusammen mit anderen Kindern über die Holzburg mit Türmchen, Brücken und Leitern.
An dem Tag, an dem die Oma geschlüpft war, steuerte Elias in der großen Pause direkt auf die Puppenecke zu. Viktoria war schon da. Sie beugte sich über den Kinderwagen und zupfte die Decke zurecht.
„Ist das dein Kind?", fragte Elias und schaute in den Kinderwagen. Unter der Decke guckte der Kopf eines Plüschkrokodils hervor. Es hatte schon einige nackte Stellen im Fell. Viktoria nickte.
„Wie heißt es?"
„Elias", antwortete Viktoria. Elias zog die Augenbrauen zusammen. Wollte Viktoria damit etwa andeuten, dass Elias wie ein altes Plüschkrokodil aussah? Er fühlte sich beleidigt, aber dann überlegte er es sich anders.
„Hast du hier auch irgendein Mädchen?", fragte er.
„Malaika", antwortete Viktoria und zeigte auf die schwarze Puppe mit den goldenen Ohrringen.
Elias beugte sich herunter und hob Malaika von der Teigschüssel auf, wo sie gelangweilt herumlag. Sie hatte schlanke Hüften, große Brüste und lange Beine. Sie trug

einen Morgenmantel, und ihre Beine steckten in einer teichgrünen Strumpfhose. Die interessierte Elias am meisten.

„Ich spiele mit dir", bot er an. „Ich bringe Malaika ins Bett und wasche ihre Strumpfhose. Hat sie noch andere Klamotten?"

Viktoria war froh, dass Elias mitspielen wollte. Sie öffnete den Kleiderschrank in der Spielecke, und Elias wurde fast von einer Flut farbiger, großer und kleiner Stoffstückchen überschwemmt. Seine Augen leuchteten vor Freude. Während er die ganze große Pause mit Viktoria „Mutter und Vater" spielte, fand er für seine Oma außer der teichgrünen Strumpfhose noch einen Wollschal mit Bommelchen, eine modische Sonnenbrille und einen Strohhut.

Nur mit den Schuhen war es ein Kreuz. Im Kleiderschrank entdeckte Elias mindestens zwanzig Stück. Aber jeder Schuh war anders. Schließlich suchte er ein schönes Pantöffelchen mit einer Schlaufe aus und einen Reitstiefel mit Klettverschluss.

Dann stopfte er all seine Eroberungen unauffällig in die Taschen seiner Jacke. Er hatte ein schlechtes Gewissen, dass er den Puppen ihre Schuhe und Anziehsachen klaute, aber er sagte sich, dass die Oma sie mehr brauchte. Außerdem hatten die Puppen so viel davon, dass sie es wahrscheinlich gar nicht bemerkten.

„Wir müssen noch an der Bücherei vorbei", sagte die Mutter, als sie Elias von der Schule abholte.

„Wieso? Ich will nirgendwohin!", stieß Elias unglücklich hervor. Er hatte sich darauf gefreut, so schnell wie möglich nach Hause zu kommen.

„Ich habe ein Buch bestellt, über böhmische Schlösser", erklärte die Mutter. „Und dann müssen wir einkaufen gehen. Wir haben nicht mal mehr ein Tröpfchen Öl zu Hause. Und Mehl ist auch nicht mehr da."
Elias seufzte. „Wozu Öl?", stritt er mit der Mutter mit seiner leisen Stimme – mit der, die man nicht hören konnte. „Und warum Mehl? Isst etwa jemand Mehl? Ich kann ruhig auch ohne Öl und ohne Mehl überleben!"
Seine laute Stimme sagte nichts. Er wusste, dass es keinen Zweck hatte. Wenn die Mutter sagte, dass sie genau heute ein Buch aus der Bücherei brauchte, würde sie es sich abholen, selbst wenn in der Bücherei ein Feuer ausbrechen sollte. Und wenn die Mutter überzeugt war, dass sie Mehl und Öl haben musste, würde sie es kaufen, selbst wenn ein Erdbeben ausbrach.
Das Klügste war, zu schweigen und sich nicht aufzuregen. Und so wartete Elias geduldig, bis die Mutter mit der Büchereileiterin ein Pläuschchen gehalten hatte. Ohne zu murren, stand er mit der Mutter in der Schlange vor dem Geldautomaten, lang und tapfer wartete er in dem überfüllten Supermarkt auf einen Einkaufswagen.
Erst beim Anblick der Lebensmittelregale lebte Elias auf. Ihm fiel ein, dass er die Oma ja füttern musste. Aber womit? Bis heute hatte er keine Erfahrungen mit Omas gemacht. Fliegen und Würmer würden sie wohl kaum essen. Aber er konnte sich auch nicht vorstellen, dass ihnen Öl und Mehl schmeckten. Schade, dass er Viktoria nicht gefragt hatte, was ihre Großmütter am liebsten aßen! Da hatte er so gründlich nach Schuhen und Kleidung gesucht und vergaß ausgerechnet das Essen für seine Oma ...
Er beschloss zu beobachten, was die Omas um ihn herum aus

den Regalen nahmen. Eine, die an einen Ballon erinnerte, rollte durch den Gang und blieb genau vor Elias stehen. Im Einkaufswagen hatte sie einige Flaschen Bier, einen großen Laib Brot und eine Stange Salami. Elias wartete, bis die Mutter in der Brotabteilung verschwand, und näherte sich der kugeligen Oma.
„Haben Sie das für ein Abendessen oder für mehrere?“, fragte er interessiert.
Die kugelige Oma schnappte nach Luft. „Was erlaubst du dir? Du Frecher, du! Kümmere dich um dich selber!“, rief sie empört.
Elias erschrak und verschwand schnell im Nebengang. Er verstand nicht, womit er die Oma so erzürnt hatte. Er wollte doch bloß wissen, wie viel sie aß!
Als Nächstes sprach er eine dünne, kleine Oma an. Eine, die ein elegantes Kostüm mit einem Pelzkragen trug und am Gefrierfach stehen blieb. Sie nahm irgendein Päckchen heraus und legte es in den Einkaufskorb. Elias trat näher, um festzustellen, was in dem Päckchen war. Auf der Packung war eine Pfanne abgebildet mit etwas Rosafarbenem drin. Es sah aus wie krumme Regenwürmer oder gemästete kleine Würmer. Elias sah die Oma erstaunt an.
„Sie mögen Würmer gern?“, fragte er. „Gebacken? Oder roh?“
„Am liebsten mit Mayonnaise und mit Zitronensaft beträu-

felt“, antwortete die dünne Oma, lachte und schritt davon. Am anderen Ende der Gefriertruhe erschien Elias’ Mutter.
„Ich suche dich überall und du suchst dir hier Fische aus!“ Die Mutter schüttelte den Kopf.
„Das sind Fische?“, wunderte Elias sich und zeigte auf die Packung mit den rosa Würmern.
„Shrimps“, sagte die Mutter. „Und wenn du glaubst, dass ich die kaufe, dann irrst du dich. Die sind zu teuer und außerdem isst sie keiner in der Familie.“
Sie packte Elias an der Hand und steuerte auf die Kasse zu. Elias erschrak. Womit sollte er seine frisch geschlüpfte Oma nur füttern? Er konnte sie doch nicht verhungern lassen!
Da sah er einen weißhaarigen Opa, der einen Haufen Eierplätzchen in seinen Einkaufswagen gelegt hatte. Sobald er die Kasse passiert hatte, öffnete er ein Päckchen und steckte sich genüsslich ein Eierplätzchen in den Mund.
„Mama, kaufst du mir Eierplätzchen?“ Elias zog die Mutter am Ärmel. Als er ihren Blick sah, fügte er schnell hinzu: „Bitte!“ Die Mutter griff ins Regal und gab Elias ein Päckchen Eierplätzchen.
„Aber nicht, dass du sie gleich alle auf einmal isst“, sagte sie.
„Nein, werde ich nicht“, sagte Elias mit lauter Stimme. Und mit seiner leisen, mit der, die niemand hörte, sagte er: „Nicht ein Einziges.“
Allerdings fragte er sich besorgt, ob weißhaarige Omas wohl den gleichen Geschmack hatten wie weißhaarige Opas, und wie viele Eierplätzchen sie wohl täglich schafften. Im schlimmsten Fall, wenn seine Oma sehr gefräßig war, hatte Elias ja noch seine Spardose!

Kapitel 8

Schlokkofuß-Flopsser-Bepstes-Penst-Ibanug!

Zu Hause wartete eine Überraschung auf Elias. Als er sein Zimmer betrat, dachte er im ersten Augenblick, dass ihm Diebe einen Besuch abgestattet hätten. Der Sockenkorb war umgekippt und überall lagen Sockenknäuel herum. Elias' Zeichnungen waren auf dem Boden gelandet und eine von ihnen, ausgerechnet die schönste, war sogar zerrissen: das Bild mit der Torte und den sieben Kerzen. Elias hatte es an seinem Geburtstag gemalt und es bedeutete ihm viel, weil alle sagten, es sei ihm sehr gut gelungen. Jetzt war nur noch eine Hälfte davon übrig, zerknittert und verschmiert. Elias wurde wütend. Wie konnte das passieren? Er hob das zerstörte Bild hoch und wollte sich schon bei seiner Mutter beschweren, als er die kleinen Halbkreise am Rande des Papiers bemerkte. Er riss die Augen auf. Das Bild war nicht zerrissen, sondern angebissen! Ihm leuchtete sofort ein, dass es niemand anders gewesen sein konnte als die Oma.
Er zog den Karton unterm Bett hervor. Die Oma schlief, eingekuschelt in Elias' Mütze, und sah aus wie eine Brezel. Die Papiertaschentücher waren verschwunden. Besser gesagt, sie hatten sich in eine Unmenge von Papierschnipselchen und Kügelchen verwandelt.
Elias dachte nach. Alles sprach dafür, dass die Oma großen Hunger gehabt haben musste und ihr nichts anderes übrig geblieben war, als die Taschentücher zu zerreißen und aufzuessen und dann ein Stück von Elias' Bild abzubeißen. Jetzt

stöhnte sie ein bisschen im Schlaf. Wahrscheinlich hatte sie Bauchweh nach diesem Papiermahl.
Elias weckte sie nicht. Er legte ein paar Eierplätzchen in den Karton, dazu den Strohhut, den Schal, die Schuhe und die Sonnenbrille. Auf die Leiter des Feuerwehrautos hängte er die teichgrüne Strumpfhose.
Dann begann er das Zimmer aufzuräumen. Er wollte nicht, dass die Mutter diese Bescherung sah. Sie würde bestimmt Fragen stellen und er müsste nach Erklärungen suchen.
Beim Aufräumen dachte er darüber nach, wie lange es wohl dauern würde, bis seine Oma groß war und sich wie andere Omas benahm. Denn bis jetzt deutete nichts darauf hin, dass sie Elias Geschichten vorlesen oder mit ihm Karten spielen würde. Sie schlief fast ununterbrochen und auch in anderer Hinsicht benahm sie sich wie ein Baby.
Jetzt zum Beispiel lutschte sie am Daumen! Elias nahm sich vor, es ihr abzugewöhnen. Nicht sofort, aber allmählich. Er durfte sie nicht drängen. Er musste geduldig sein. Sie war ja erst vor wenigen Stunden geschlüpft. Und es würde bestimmt ein paar Tage dauern, bis sie sich in der Welt zurechtfand.

Der Vater kam gut gelaunt von der Arbeit zurück. Er und noch zwei Programmierer aus seiner Firma hatten die Aufgabe bekommen, sich ein neues Computerspiel auszudenken. Wer von ihnen das beste Spiel ablieferte, durfte nach Australien auf die internationale Messe „Das Kind und seine Welt“ fahren.
Der Vater war von dieser Vorstellung hin und weg. Beim Abendessen sprach er von nichts anderem als von dem Spiel, von der Messe und von Australien.

„Und was ist, wenn du nicht gewinnst?“, fragte die Mutter.
„Ich muss gewinnen. Ich bin der Beste.“
„Und wenn du gewinnst, nimmst du mich dann mit?“, fragte Elias.
„Das kann ich dir leider nicht versprechen. Es wäre keine Vergnügung, sondern eine Arbeitsreise. Auf der Messe geht es eigentlich weniger um Kinder als um die Programme und ums Geschäft. Verstehst du?“
Elias verstand nicht, aber er sah, dass der Vater ihm keine bessere Erklärung geben würde, also fragte er nicht weiter nach. Sie aßen die Kartoffelpuffer zu Ende und die Mutter stellte eine Schüssel mit Erdbeeren auf den Tisch. Es waren die ersten Erdbeeren des Jahres – große, saftige und verführerisch rote. Schon vom Anblick lief Elias das Wasser im Mund zusammen. Er streckte die Hand nach einer aus, als ihm plötzlich eine Idee kam.
„Wie wär's, wenn wir um die Erdbeeren ‚Domino‘ spielen würden? Oder ‚Mensch ärgere dich nicht‘? Oder ‚Außerirdische fangen‘?“, schlug er vor. Vater schaute auf die Uhr.
„Es tut mir leid, aber ich kann nicht spielen. Ich muss über das neue Spiel nachdenken. Viel Zeit haben sie mir nicht gegeben.“
Elias sah die Mutter an, aber die schüttelte den Kopf.
„Du weißt, dass ich mir in der Bücherei das Buch ausgeliehen habe“, sagte sie. „Und du hast gesehen, wie dick es ist.“
Elias seufzte. Er wusste, dass der Vater sich Computerspiele ausdenken musste, weil es seine Arbeit war. Und er wusste, dass die Mutter Bücher über Burgen und Schlösser lesen musste, weil es ihre Arbeit war, alte Statuen und Gemälde zu restaurieren. Aber es ärgerte ihn. Es ärgerte ihn, dass keiner verstand, dass „Mensch ärgere dich nicht“ spielen

und „Außerirdische fangen“ seine Arbeit war und dass er diese Arbeit nicht alleine schaffen konnte!

„Schluss-Broccolimus-Käsefuß-Fetter-Popelesser-Bepisstes-Gespenst – Ich hab genug!“, schimpfte Elias, diesmal mit seiner lauten Stimme, als er nach dem Abendessen in sein Zimmer ging.
„Schlokkofuß-Flopsser-Bepstes-Penst-Ibanug!“, ertönte hinter ihm eine dünne Stimme. Elias zuckte zusammen. Schnell überprüfte er, ob die Tür zu war, dann sprang er zum Bett und zog den Karton hervor. Die Oma saß auf der Feuerwehrleiter, hatte die teichgrüne Strumpfhose an und versuchte sich den Reiterstiefel anzuziehen. Es ging nicht. Der Schuh war zu klein und die Oma ärgerte sich.
„Schlokkofuß-Flopsser-Bepstes-Penst-Ibanug!“, schimpfte sie mit dünner Stimme, die wie das Blubbern eines Baches klang. Wie das Blubbern eines lispelnden Baches mit Sprachfehlern. Es war klar, dass die Oma erst noch richtig sprechen lernen musste. Elias schämte sich. Er sollte für die Oma aus dem Ei ein Vorbild sein, er sollte schön und deutlich sprechen und nicht schimpfen! Er beugte sich über den Karton, um seinen Fehler wiedergutzumachen.
„Das sagt man nicht“, ermahnte er die Oma. „Ich darf das. Ich bin schon sieben. Aber du schimpf nicht, du bist noch klein.“ Die Oma blickte von dem Reiterstiefel hoch und guckte Elias aufmerksam an. Sie hatte Augen wie Rosinen und den Mund schmutzig von Elias’ Bild.
„Ich bin Elias“, sagte Elias. „Und du?“
„Undu“, sagte die Oma fix. Der Ausdruck gefiel ihr offensichtlich, weil sie noch schnell fünfmal hintereinander sagte: „Undu, Undu, Undu, Undu, Undu!“

Erneut versuchte sie den Fuß in den Reiterstiefel zu stecken, und als es ihr wieder nicht gelang, feuerte sie den Stiefel wütend in eine Ecke des Kartons.
„Schlokkofuß ...", legte sie los, hielt aber gleich inne und ermahnte sich selber: „Du schimpf nich, bis noch klein!"
Elias grinste. Die Oma gefiel ihm. Aber es war offensichtlich, dass sie überhaupt nichts verstand. In allem hatte sie Elias nur nachgeahmt.
„Die Eierplätzchen, haben sie dir geschmeckt?", fragte er und schmatzte ein paar Mal um zu zeigen, was er meinte. „Willst du noch?"
„Willnoch", sagte die Oma und zog sich die teichgrüne Strumpfhose hinauf, die an ihren Fußgelenken Falten schlug.
Elias ging in den Flur und horchte eine Weile, was in der Wohnung los war. Die Eltern waren im Wohnzimmer. Die Mutter las und der Vater saß vor dem Computer. Elias lief leise an der angelehnten Tür vorbei in die Küche. Er nahm ein paar Eierplätzchen aus dem Küchenschrank und aus der Schüssel auf dem Tisch die letzte Erdbeere, die übrig geblieben war.
„Ich habe dir eine Erdbeere mitgebracht", verkündete er der Oma, sobald er zurück im Zimmer war. Er hatte beschlossen, die Oma bei jeder Gelegenheit zu belehren und zu erziehen, damit sie möglichst schnell gescheit und gebildet wurde.
„Weißt du, was eine Erdbeere ist? Das ist so ein spitzes Kügelchen, das ein bisschen süß und ein bisschen sauer schmeckt und von dem man nicht zu viel essen darf, weil man sonst Ausschlag kriegt. Weißt du, was Ausschlag ist? Das sind so kleine Pünktchen an der Haut, die wahnsinnig jucken und man muss sich immer kratzen. Weißt du, was Kratzen ist? Das ist wenn ..."

Elias schaute in den Karton und verstummte. Die Oma schlief wieder. Diesmal lag sie nicht eingekuschelt in der Mütze, sondern hockte auf der Feuerwehrleiter mit dem Kopf auf den Knien. Sie schaukelte im Schlaf ein wenig hin und her, sodass es aussah, als ob sie jeden Augenblick herunterfallen würde.

Elias hob sie vorsichtig hoch. Sie passte in eine seiner Handflächen und war leicht wie ein Federchen. Elias strich ihr mit einem Finger über die weißen Haare und die Oma räkelte sich wohlig.

„Undu", murmelte sie im Schlaf und schmatzte.

Elias fand, dass Undu ein guter Name war. Die Oma konnte ihn sich leicht merken und würde ihn nicht falsch aussprechen. Er bettete Undu in die Mütze und legte die Eierplätzchen ein wenig abseits, sodass sie sie sehen konnte, wenn sie aufwachte. Die Erdbeere aß er selbst. Für die Oma war sie zu groß. Sie würde davon bestimmt Ausschlag bekommen. Vielleicht war sie ja sogar allergisch gegen Erdbeeren!

Kapitel 9

Oma lernt laufen

Am nächsten Tag ging Elias nicht in die Schule, weil Samstag war. Draußen schien die Sonne und durch das geöffnete Fenster drang Vogelgesang in die Küche.
„Gehen wir jetzt mit dem Nest in den Park?", fragte Elias seinen Vater beim Frühstück.
„Mit welchem Nest?", wunderte sich der Vater. Manche Sachen vergaß er unglaublich schnell. Meistens die, die Elias angingen und die er ihm versprochen hatte.
„Du hast mir versprochen, dass du mir hilfst, es auf einen Baum zu tun", erinnerte Elias ihn.
„Ja, das habe ich versprochen", gab der Vater zu. Er blickte in den blauen Himmel hinter dem Fenster und seufzte. Der schöne sonnige Tag machte ihn anscheinend nicht glücklich. Im Gegenteil. Wenn es draußen geregnet hätte oder es wenigstens bewölkt und windig gewesen wäre, hätte der Vater eine prima Ausrede gehabt. Er hätte Elias erklärt, dass sie ganz bestimmt in den Park gehen und einen Baum für das Nest suchen würden – aber erst, wenn wieder schönes Wetter wäre. Dann hätte er den Computer eingeschaltet und den ganzen Samstag davor verbracht.
Das Wetter half dem Vater oft, die richtigen Ausreden zu finden. Diesmal jedoch ließ es ihn im Stich.
„Wie wär's, wenn wir das auf ein andermal verschieben würden?", schlug er vor.
„Auf wann?", wollte Elias wissen.

„Ich weiß es nicht. Erst muss ich mir das neue Spiel ausdenken, und bisher fällt mir nichts Richtiges ein. Wenn ich mit dir in den Park gehe, verliere ich mindestens zwei Stunden", sagte der Vater. Er meinte es ernst: Die Zeit, die er woanders als vor dem Computer verbrachte, war für ihn verloren.
Elias aß zu Ende, stand auf und steuerte auf die Tür zu.
„Verstehst du das?", rief der Vater hinter ihm her.
„Verstehe", antwortete Elias.

„Verstehe ich nicht", sagte er zu Oma Undu, sobald er in seinem Zimmer war. „Warum verspricht er mir etwas, wenn er es dann nicht halten kann!"
„Kalten Hand!" Die Oma nickte.
Sie saß auf der Fensterbank und tunkte ein Eierplätzchen in den Kakao, den Elias ihr in einem kleinen Schnapsglas gebracht hatte. Sie schmatzte genüsslich dabei. Als sie aufgegessen hatte, leckte sie das Glas gründlich aus und blickte fragend zu Elias. Sie wartete ab, was nun passieren würde.
„Möchtest du mir vielleicht etwas vorlesen?", fragte Elias voller Hoffnung.

„Vorlesen?", wiederholte Undu und blinzelte neugierig. „Vor-le-sen?"
„Ein Märchen zum Beispiel", schlug Elias vor und holte aus dem Bücherregal ein dickes Buch, das er zum Geburtstag bekommen hatte. Bis jetzt hatte die Mutter ihm nur zwei Märchen daraus vorgelesen. Elias öffnete das Buch und legte es ihr hin. Undu kroch hinein und begann das Papier zu beschnuppern. Dann leckte sie es

ab. Schließlich biss sie die Ecke einer Seite ab und kaute nachdenklich.
„Das ist nicht zum Essen!“, erschrak Elias. „Das liest man! Guck mal, siehst du die kleinen schwarzen Käfer? Das sind Buchstaben. Dieser da ist ein O. Dieser ein I. Und das hier heißt: Es - war - ein - mal ... Aber ganze Sätze lesen kann ich noch nicht so gut. Du schaffst es vielleicht besser.“
„Besser“, sagte Undu.
„Dann lies mir vor“, munterte Elias sie auf und zeigte auf die erste Zeile. Oma kroch auf den Knien näher und fixierte die Zeile lange. Endlich fand sie ein O.
„- O -“, las sie begeistert und suchte weiter. Bald entdeckte sie das I, dann das M, das L und schließlich auch ein E. Alle Buchstaben, die ihr Elias vorher gezeigt hatte, erkannte sie und las richtig vor. Elias seufzte. Seine Oma war ohne Zweifel gescheit und lernte schnell. Sie würde ihm bestimmt ein Märchen vorlesen oder auch etwas anderes, aber jemand musste es ihr zuerst beibringen. Jemand, der das selber konnte!
Elias legte das Buch wieder in das Bücherregal und kehrte zum Fenster zurück. Die aufgeblühte Akazie vor dem Haus streckte ihre Zweige fast ins Zimmer und roch süß.
„Das ist eine Akazie“, belehrte Elias die Oma und atmete tief ein. „Riecht echt gut, nicht wahr?“
„Echt gut“, sagte sie und atmete wie Elias den Duft begierig ein.
„Lass uns in den Park gehen“, beschloss Elias. „Willst du den Hut und die Brille aufsetzen?“
„Gut und Rille“, versuchte es die Oma, verbesserte sich jedoch augenblicklich: „Mut und Brille!“
Elias reichte ihr die beiden Teile ihrer bescheidenen Garde-

robe. Undu setzte sich die Brille mit ernster Miene auf den Dutt und versuchte, sich den Hut um die Taille zu binden.
„So nicht“, sagte Elias und setzte ihr die Brille richtig auf. „So!“
„Uff!“, erschrak Undu in der unerwarteten Dunkelheit. Schnell nahm sie die Brille ab und setzte sie sich erneut auf den Dutt.
„Wie du willst.“ Elias zuckte mit den Schultern. Es steht doch nirgendwo geschrieben, sagte er sich, dass man eine Sonnenbrille auf den Augen tragen muss. Wenn die Oma die Brille auf dem Dutt tragen will, soll sie sie dort tragen! Wer wird sich schon daran stören?
Mit dem Hut stellte er es schlauer an. Zuerst nahm er seine Mütze aus dem Karton und setzte sie sich auf. Erst dann bekam die Oma das Strohhütchen auf den Kopf.
„Das ist eine wichtige Sache, Undu“, erklärte er ihr, während er die beiden Hutbänder unter ihrem Kinn zusammenband. Es ging nicht sehr gut. Die Bänder waren winzig und Omas Kinn so klein wie eine Nuss. „Wir müssen etwas auf dem Kopf tragen, weil die Sonne scheint und über uns ein Ozonloch ist.“
„Ozean hoch?“, fragte die Oma.
„Kein Ozean, Ozon. Das ist ... das ist etwas sehr Wichtiges. Aber leider ist es löchrig, verstehst du?“
Die Oma verstand offensichtlich nicht, den Hut behielt sie jedoch auf.
„Du wirst es begreifen, wenn du älter bist“, beruhigte Elias sie. Dann hob er sie hoch und steckte sie vorsichtig in die Hosentasche.
Seine Mutter saß wieder über ihrem Buch.
„Darf ich auf den Spielplatz gehen?“, fragte er.

„Geh nur“, sagte die Mutter. Sie sah auf und lächelte. „Es ist warm draußen. Willst du dir ein Eis kaufen?“
„Eis laufen“, wiederholte das fleißige Echo in Elias’ Hosentasche. Die Mutter hörte zum Glück nichts.
„Klar!“ Elias’ Augen leuchteten. „Wie viele Kugeln darf ich?“
„Vieh und Nudeln auf dich“, verwurstelte die Oma das Gesagte. Diesmal schien die Mutter etwas gehört zu haben. Sie sah Elias aufmerksam an. Elias hielt schnell seine Hand an die Tasche, um Oma zum Schweigen zu bringen, und begann laut zu zählen. Auf die Schnelle fiel ihm nichts Besseres ein.
„Eins? Zwei? Drei? ...“
„Drei Kugeln?“, fragte die Mutter und schüttelte den Kopf. „Das ist zu viel. Du erkältest dich nur. Zwei reichen.“ Sie gab Elias Geld für zwei Kugeln Eis und vertiefte sich wieder in ihr Buch.

Emil und zwei rothaarige Jungs aus dem Nachbarhaus waren auf dem Spielplatz. Sie kickten den Ball hin und her und schrien sich laut zu: „Mach schon! Los! Tor!“
Augenblicklich vergaß Elias die Oma und gesellte sich begeistert zu den Fußballern. Er jagte mit ihnen auf dem Spielplatz herum, sprintete, versuchte jedem den Ball abzuluchsen, schoss Tore und schrie, bis er heiser war. Erst als die rothaarigen Jungs gegangen waren und Emil von seinem Opa abgeholt wurde, erinnerte sich Elias mit Schrecken an die Oma. Er griff in die Tasche, und zog sie heraus. Ihre Haare waren durcheinander, das Hütchen baumelte über der Schulter und die Brille war ihr aus dem Dutt gefallen.
„Entschuldige, Undu! Hat es sehr geschaukelt, als ich gelaufen bin? Dir ist doch nicht schlecht geworden?“, fragte Elias sorgenvoll und reichte ihr die Brille.

„Mir ischt Specht!“, antwortete die Oma ein bisschen gekränkt und platzierte die Brille energisch wieder auf den zerzausten Dutt.

Elias ging über den Spielplatz und setzte sich auf den Rasen. Die Oma setzte er neben sich. Sie war so klein, dass sie zwischen den Löwenzahnblättern fast verschwand. Nicht weit von ihnen entfernt saßen alte Opas auf den Bänken und lasen Zeitung. Auf den Parkwegen spazierten Leute mit Kinderwagen, mit Hunden oder allein. Alle genossen die Sonne und die Wärme.

„Undu, willst du auch spazieren?“, fragte Elias. Ihm fiel ein, dass sie zusammen zum Seerosenteich gehen könnten. Dort waren immer irgendwelche Großmütter mit Kindern und fütterten Enten.

„Ja, auch spazieren!“ Die Oma begriff sofort, was er meinte. Sie stand auf und fiel sofort wieder hin. Sie versuchte es nochmal, fiel aber wieder hin.

„Du kannst ja nicht laufen!“, begriff Elias. Allmählich begann ihm klar zu werden, wie viel Arbeit ihn mit der Oma noch erwartete. All die Dinge, die er so gern mit ihr unternommen hätte, musste er zuerst mit ihr üben.

Er fühlte Enttäuschung in sich hochkommen, unterdrückte sie aber schnell und reichte der Oma einen Zeigefinger. „Das macht nichts. Ich bringe es dir bei. Nimm meinen Finger.“

Die Oma packte Elias’ Finger mit beiden Händen und stand auf. Elias zog ihre Hand immer näher an sich heran und Oma Undu ging hinter dem Finger her wie hinter einem Einkaufswagen. Eigentlich ging sie nicht – sie taumelte. Andauernd stolperte sie über ein Steinchen oder ein Stöckchen, bis sie der Länge nach hinfiel.

„Schlokkofuß-Flopsser-Bepstes-Penst-Ibanug!“ schimpfte sie, als sie zum zehnten Mal hingefallen war und trotzig auf allen vieren zu laufen begann. Das konnte sie wunderbar.
„Schimpf nicht“, ermahnte Elias sie. „Gib dir lieber Mühe. Du bist schon alt genug, um zu laufen ohne dass man dich festhalten muss! Guck dir das Kind da drüben an!“
Undu schaute in die Richtung, in die Elias gezeigt hatte. Ein paar Meter vor ihnen lief ein kleines Kind in einer gepunkteten Hose und gluckste vor Lachen. In der Hand hielt es eine Schnullerflasche und mit kleinen schnellen Schritten lief es begeistert vom Kinderwagen weg. Es hatte schöne, feste Schuhe mit Schnürsenkeln an. Sie flimmerten auf dem Weg wie zwei rote Fische im Aquarium.
Undu beobachtete den Kleinen eine ganze Weile. Dann schaute sie auf ihre eigenen Füße, die in einer Strumpfhose steckten, die nicht mehr teichgrün, sondern dreckig und fleckig war. Schließlich blickte sie zu Elias hoch. Auf der Stirn hatte sie drei tiefe Falten.
„Ich weiß, du hast keine Schuhe“, gab Elias zu. „In einer Strumpfhose ohne Schuhe zu laufen, ist verrückt.“
„Das ischt verrrrückt“, gab Undu ihm recht. Diesmal gelang ihr ein sehr schönes, klangvoll rollendes R. Als würde eine Motorsäge surren. Undu war über den neuen Laut erstaunt. Sie versuchte es gleich ein paar Mal. „Verrrrrrückt! Verrrrrrrrückt! Verrrrrrrrrrrrrrückt!“, jubelte sie aus voller Brust, bis die Leute ringsherum neugierig zu Elias herüberblickten.
„Pst!“ Elias hielt der Oma den Mund zu. Er wollte nicht, dass sie unnötige Aufmerksamkeit erregten. „Sei still! Du hast gelernt, ein R zu sagen, na und? Was soll's? Ich kann es schon lange und es nützt mir gar nichts. Ohne R kann der Mensch ruhig leben. Wichtiger als die richtige Aussprache zu haben

ist es, geradeaus zu laufen. Wenn du auf den Knien kriechst, wirst du nirgendwohin kommen!“
Oma Undu hörte Elias aufmerksam zu, und ihre Rosinenaugen begannen sich langsam mit Tränen zu füllen.
„Heul nicht“, sagte Elias. Es tat ihm leid, dass er so schroff gewesen war. „Ich habe es nicht so gemeint. Ich werde dir Schuhe kaufen und du wirst laufen wie geschmiert. Schau mal!“
Um zu zeigen, wie man wie geschmiert lief, rannte er auf die andere Seite des Rasens. Die Oma quietschte vor Begeisterung.
„Wie geschmiert!“, freute sie sich. Dann wischte sie sich die nassen Augen und gähnte. Elias wollte Undu in seine Hosentasche stecken, aber sie kauerte sich in seiner Hand zu einem Knäuel zusammen und deckte sich das Gesicht mit ihrem Hut zu. Nach einer kleinen Weile hörte man unter dem Hut ein zufriedenes Schnarchen.

Elias steuerte auf den Parkausgang zu.

„Ich werde viele Sorgen mit ihr haben“, sagte er mit seiner leisen Stimme, die keiner hörte. „Ich muss ihr Schuhe kaufen und ihr beibringen, wie man läuft. Und ich muss ihr auch beibringen, wie man sich sauber hält. Sie sieht aus wie ein Schweinchen.“ Er schaute auf Undus fleckige Strumpfhose und ihre schmutzigen Hände. „Aber ein sehr süßes Schweinchen“, gab er nach einer Weile zu und lächelte in sich hinein.

Kapitel 10

Schuhe Nummer zweieinhalb

Wenn man etwas kaufen will, geht man ins Geschäft. Elias durfte in alle Geschäfte gehen, die auf der Straßenseite ihrer Wohnung lagen. Über die Straße durfte er nicht, weil in der Nähe keine Ampel war und seine Mutter Angst hatte, dass Elias von den Autos überfahren wurde.

Das Schuhgeschäft war zum Glück in Elias' Nachbarhaus. Elias betrat es und blickte sich um. Rundum waren Schuhe ausgestellt. Schuhe in allen Farben und Formen. Manche mit Reißverschluss, manche mit Schnürsenkeln, aber alle viel zu groß. Für die Oma zumindest. Sie würde in jeden dieser Schuhe ganz hineinpassen, sogar mit Hut auf dem Kopf, und es würde noch ein Untermieter darin Platz finden.

„Kann ich helfen?", fragte die Verkäuferin, als sie sah, dass Elias unentschlossen zwischen den Regalen hin und her ging.

„Ich brauche ein Paar Schuhe", antwortete Elias. „Aber die sind alle zu groß."

„Kindergrößen haben wir im ersten Stock", sagte die Verkäuferin und lächelte. „Dort wirst du bestimmt etwas finden."

Elias ging in den ersten Stock. Da waren die Schuhe um einiges kleiner. Hier würde er Schuhe für Viktoria, für Emil und sogar für Emils kleine Schwester finden. Aber für die Oma waren sie trotzdem noch zu groß.

„Nichts für dich gefunden?", fragte die Verkäuferin, als Elias nach einer Weile enttäuscht wieder herunterkam.

„Ich brauche keine Schuhe für mich“, sagte er.
„Nein? Für wen denn?“
„Für ...“ Elias dachte nach. Wie sollte er es erklären, ohne die Oma zu erwähnen?
„Für jemanden, der sehr, sehr klein ist“, sagte er schließlich.
„Wie klein?“
„So ungefähr“, sagte Elias und hielt die Hand ein Stück über den Boden.
„Für eine Puppe?“, fragte die Verkäuferin verständnisvoll. „Oder ein Plüschtier?“
Elias nickte. „So etwas Ähnliches.“
„Versuch es nebenan im Spielzeugladen“, riet die Verkäuferin ihm, bevor sie sich dem nächsten Kunden widmete.

Der Spielzeugladen war Elias’ liebstes Geschäft. Der Verkäufer kannte Elias gut und scherzte jedes Mal mit ihm. „Ihr ergebenster Diener, mein Herr“, fing er an, sobald er Elias in der Tür sah.
„Guten Tag“, grüßte Elias.
„Was darf es heute sein? Müssen wir einen Roboter bauen, schnell zum Mars fliegen oder eine Friedenspfeife mit dem Häuptling der Sioux rauchen?“, zählte der Verkäufer auf, während er flink einen Legokasten, eine Weltraumrakete und eine Indianerausrüstung auf die Theke legte.
„Schuhe“, sagte Elias nur.
„Was für Schuhe?“, fragte der witzige Verkäufer verdutzt.
„Solche“, sagte Elias und zeigte ihm mit Daumen und Zeigefinger die Größe von Omas Fuß.
„Zwei Zentimeter und ein Stückchen“, schätzte der Verkäufer. „Das ist Größe zweieinhalb.“
Aus einer Schublade zog er ein Paar winzige Schühchen für

langbeinige Barbies. Die legte er aber gleich wieder zurück, weil sie Elias zu klein schienen. Der Verkäufer öffnete eine weitere Schublade. In der waren weiche Hausschuhe für Teddybären.

„Fünfer", sagte der Verkäufer unzufrieden und warf sie zurück. „Ich befürchte, dass wir Schuhe Nummer zweieinhalb momentan leider nicht dahaben."

„Und was ist mit denen da?", fragte Elias und zeigte auf eine kleine Cowboypuppe, die hohe Lederstiefel anhatte. Der Verkäufer nahm den Cowboy vom Regal und maß die Sohle der Stiefel ab. Es waren genau zweieinhalb Zentimeter.

„Das sind Schuhe Nummer zweieinhalb", nickte er. „Aber ich kann sie nur mit dem ganzen Cowboy verkaufen."

„Wie viel kostet er?", fragte Elias.

„Einunddreißig neunzig."

Elias wurde traurig. So viel hatte er weder bei sich, noch zu Hause in der Sparbüchse. Er könnte sich den Cowboy zum Geburtstag wünschen, aber sein letzter Geburtstag war gerade erst gewesen. Und bis Weihnachten konnte er nicht warten. Oma brauchte die Schuhe so schnell wie möglich.

„Danke", murmelte er. „Auf Wiedersehen."

„Ich empfehle mich", sagte der Verkäufer freundlich und stellte den Cowboy zurück ins Regal. „Ich hoffe, dass der Herr uns bald wieder beehrt."

Der Herr ging heim und überlegte. Wenn man etwas kaufen will, geht man ins Geschäft, sagte er sich. Aber was ist, wenn man etwas kaufen will, was es im Geschäft nicht gibt?

„Wenn man etwas kaufen will, was es im Geschäft nicht gibt, versucht man es übers Internet. Du kannst zum Beispiel eine Anzeige aufgeben", beantwortete der Vater beim

Mittagessen Elias' Frage. „Internet kann alles. Internet ist ein Wunder."
Und weil alles, was mit Computern zusammenhing, dem Vater Spaß machte, zeigte er Elias gleich nach dem Essen, wie man das anpackte. Elias war begeistert.
„Darf ich eine Anzeige aufsetzen?", fragte er.
„Warum nicht?", antwortete der Vater. „Was soll denn in der Anzeige stehen?"
Elias musste nicht lange überlegen. „Ich kaufe Schuhe Nummer zweieinhalb, sofort", diktierte er und sein Vater tippte es ein.
„Schuhe Nummer zweieinhalb?", wunderte er sich. „Das gibt's?"
„Das gibt's", versicherte ihm Elias.
Der Vater zuckte die Achseln. „Du brauchst noch ein Erkennungszeichen", sagte er. „Damit die Leute dir antworten können."
Elias dachte einen Augenblick nach.
„Die Oma aus dem Ei", sagte er schließlich. Das war klar, kurz und zutreffend.
„Ist das ein Märchen?", fragte der Vater.
„Ja", sagte Elias mit seiner lauten Stimme. Mit der Stimme, die niemand hörte, gab er zu: „Das ist kein Märchen, das ist Wirklichkeit. Aber eine barfüßige."

Kapitel 11

Großes Unglück

Elias wusch sich jeden Abend, aber samstags war großer Badetag. Der Vater ließ warmes Wasser in die Badewanne ein, fügte wohlriechenden Badeschaum hinzu und bereitete für Elias ein Handtuch mit Kapuze vor, in das er sich nach dem Baden einkuschelte. Er badete gern. Meistens nahm er ein paar Boote mit ins Wasser, eine Wasserpistole, eine Gummimütze und andere Sachen, mit denen er dann ausgiebig spielte.

Diesmal nahm er kein Spielzeug mit ins Wasser. Er wartete, bis der Vater sich vor den Computer setzte und die Mutter es sich im Wohnzimmer gemütlich gemacht hatte und die DVD über Burg Karlstein laufen ließ. Dann machte er die Badezimmertür zu und zog die Oma aus der Tasche seines Bademantels.

„Du musst auch baden", sagte er und setzte sie auf die Ablage unter dem Spiegel. „Du bist ganz beschmutzt."

„Beputzt?", fragte die Oma verständnislos.

„Nein, ich meine, du bist sehr schmutzig."

„Sehr schmutzig", gab ihm die Oma recht und blickte auf ihre Hände.

„Ich zeige dir, wie man es macht", fuhr Elias fort. Er zog sich den Bademantel aus, stieg in die Wanne und nahm den Waschlappen in die Hand.

„Zuerst das Gesicht", sagte er und fing an, sich mit dem nassen Waschlappen das Gesicht zu waschen. Sogar an die

Ohren dachte er, was er normalerweise nicht tat oder, besser gesagt, er tat nur so, als ob er sie gewaschen hätte. Er hasste Ohrenwaschen, weil er es nicht ausstehen konnte, wenn Wasser hineinfloss. Heute aber reinigte er seine Ohren vorbildlich. Er wollte, dass Oma Undu lernte, wie man es richtig machte. So zu tun als ob, das musste er ihr nicht beibringen, das konnte jeder selbst lernen! Nach dem Gesicht kam der Hals dran – und wieder nahm Elias die Seife. Dann kamen die Beine und alles andere. „Das ist kinderleicht. Sogar ein Affe lernt's", versicherte er der Oma.
„Was ischt ein Affe?", fragte sie.
„Ein Tier", antwortete Elias. „Ein Tier, das ein bisschen wie ein Mensch aussieht, aber nicht so gescheit ist."
„Bin ich gescheit?", fragte die Oma neugierig.
„Bestimmt", versicherte ihr Elias. „Du bist nicht so gescheit wie ich, aber du weißt schon ganz viel. Und was du noch nicht weißt, das erkläre ich dir. Jetzt werde ich dir Wasser im Waschbecken einlassen. Willst du auch Badeschaum wie ich?"
„Ja, auch Badeschaum! Auch Badeschaum!" Die Oma klatschte vor Freude in die Hände. Dabei verlor sie das Gleichgewicht und fiel von der Ablage kopfüber in die Wanne. Elias

erstarrte. Im ersten Augenblick wollte er um Hilfe rufen, aber bis er dem Vater oder der Mutter erklärt hatte, wer diese Oma eigentlich war und was sie hier in seiner Badewanne machte, wäre es zu spät. Er musste sie retten, und zwar schnell! Aber wie, wenn man vor lauter Schaum nicht unter die Wasseroberfläche sehen konnte?

Da tauchte am anderen Ende der Badewanne ein kleines Ärmchen auf, daneben ein zweites und dann ein kleines Köpfchen ... Es war Undu! Sie verzog das Gesicht, spuckte Schaum, aber kraulte wie eine Eins in Elias' Richtung.

Elias staunte mit offenem Mund. Selber konnte er noch nicht so gut schwimmen. Im Freibad musste ihm der Vater immer noch die Schwimmflügelchen anziehen, und beide entschuldigten es damit, dass Elias erst sieben Jahre alt war. Und hier konnte ihm jemand, der gerade erst aus einem Ei geschlüpft war und noch lispelte, Schwimmunterricht geben! Es war beschämend. Elias nahm ein Plastikboot vom Rand der Badewanne und half der Oma hineinzuklettern.

„Du schwimmst ziemlich gut", sagte er anerkennend. „Wer hat es dir beigebracht?"

Undu rieb sich die Augen, nieste und schaute Elias stutzig an.

„Beigebracht?", wiederholte sie.

„Ich bringe dir Laufen bei, ich bringe dir Waschen und Buchstabenlesen bei – wer hat dir Schwimmen beigebracht?"

Elias versuchte ihr eine Erklärung zu entlocken, aber die Oma starrte ihn nur verständnislos an und steckte sich schließlich verlegen den Daumen in den Mund. Manche Fragen konnte sie offensichtlich nicht beantworten.

„Elias, ist alles in Ordnung?", rief die Mutter aus dem Wohnzimmer. „Ist das Wasser noch warm genug?"

„Ja, ja, es ist gerade richtig“, rief Elias zurück.
„Rrrrrichtig, rrrrichtig, rrrrrichtig“, wiederholte Undu im Singsang. Sie genoss das Wort, als wäre es ein Bonbon.
„Rrrrichtig, rrrrichtig, rrrrrrrrrichtig!“, sang sie aus voller Brust, während sie mit den Fingerchen ihre nassen Haare zu kämmen versuchte. Elias reichte ihr von der Ablage ein kleines Kämmchen.
„Psst! Nicht so laut“, ermahnte er sie. Er musste jedoch zugeben, dass Oma Undus Lied sehr schön, klar und lustig klang. Wie Vogelgesang. Manche Sachen wie zum Beispiel Singen und Schwimmen, konnte Oma Undu also von Geburt an und niemand musste sie ihr beibringen. Dafür ging ihr das Kämmen nicht so gut von der Hand. Ihre weißen feinen Haare waren aber leider voll von kleinen Knötchen. Wütend zog sie am Kamm, bis sie sich ein ganzes Büschel Haare ausriss.
Elias nahm ihr den Kamm aus der Hand und sagte: „Warte, lass mich mal. Bleib vor allem ganz ruhig.“
Undu setzte sich auf den Schiffsbug und tauchte die Füße ins Wasser.
„Gleich musst du dir die Strumpfhose, das Kleidchen und die Schürze ausziehen, damit ich die Sachen waschen und trocknen kann“, erklärte Elias, während er ihr geduldig eine Strähne nach der anderen kämmte. „Willst du ins Waschbecken oder wäschst du dich in der Wanne, wenn du schon hier bist?“
„In der Wanne“, beschloss Undu.
Als Elias mit dem Kämmen fertig war, kroch er aus der Wanne und trocknete sich ab. Die Oma saß immer noch auf dem Schiffsbug und ließ die Füße baumeln. Ein winziges Stück Seife und der kleine Fetzen Stoff, den Elias ihr statt

eines Waschlappen vorbereitet hatte, lagen in ihrer Reichweite, aber sie berührte sie nicht einmal.
Vielleicht hatte sie nicht verstanden, was sie tun sollte?
„Du musst dich waschen“, erklärte Elias und drückte ihr die Seife in die Hand. „So wie ich das getan habe. Klar?“
„Kar.“ Die Oma nickte und blieb sitzen, wo sie war.
Ob sie sich vielleicht vor ihm schämte?
„Ich lasse dich jetzt ein bisschen allein“, schlug Elias vor. „Wenn ich zurückkomme, bist du fertig, klar?“
„Kar“, wiederholte die Oma.
Elias ging in sein Zimmer und schüttelte Omas Kissen auf. Es war ein weiches Kissen, ein Nadelkissen eigentlich, das er heimlich aus Mutters Nähkästchen genommen und in Omas Karton gelegt hatte. Die kaputten Autos hatte er herausgenommen und nur den Feuerwehrwagen dringelassen. Oma Undu bevorzugte es nämlich, auf der Leiter zu frühstücken. Sie saß immer auf der vierten Sprosse, niemals höher, niemals tiefer, baumelte mit den Beinen und nagte Eierplätzchen. Manchmal trank sie auch Milch mit dem Strohhalm.
Und da er schon beim Aufräumen war, suchte Elias gleich noch einen warmen Handschuh aus seinem Schrank heraus. Ihm war aufgefallen, dass Oma Undu oft niesen musste. Vielleicht hatte sie sich im Schlaf erkältet? In dem Handschuh würde ihr schön warm werden, denn sie konnte hineinkriechen wie in einen Schlafsack.
„Und wer macht hier alles wieder sauber?“, ertönte plötzlich Mamas Stimme durch den Flur. Elias erschrak. In schlimmer Vorahnung lief er zurück ins Bad, wo die Mutter bereits den Waschlappen auswrang und das nasse Boot abtropfen ließ. Die Badewanne war schon leer, nur unten auf dem Becken-

boden war ein Häufchen mit Omas Anziehsachen übrig geblieben.
„Wo ist sie? Wo ist ...?“, stammelte Elias unglücklich.
„Wo ist was?“, fragte die Mutter und hob die nassen Kleidungsstücke auf. „Von wem hast du die?“
„Viktoria hat sie mir ausgeliehen“, sagte Elias mit seiner lauten Stimme. Mit der leisen, die seine Mutter nicht hören konnte, stöhnte er: „Wo ist Undu?“
Er hatte Angst, dass die Mutter einfach den Stöpsel herausgezogen hatte und Undu geradewegs durch den Abfluss hinuntergespült worden war.
„War da nichts anderes mehr im Wasser?“, fragte Elias verzweifelt.
„Nur das“, sagte Mutter und öffnete die Handfläche. Es war ein Büschel von Omas weichen Haaren. „Ich hoffe, du hast nicht den weißen Plüschbären gebadet?!“
Elias schüttelte schweigend den Kopf. Er fühlte, wie ihm die Tränen in die Augen schossen und ihn die Nase zwickte.
„Du hast keine Pantoffeln an! Steh hier nicht so rum, du wirst dich noch erkälten“, ermahnte ihn die Mutter. „Zähne putzen und ab ins Bett!“
Elias drückte sich Zahnpasta auf die Zahnbürste und begann sich traurig die Zähne zu putzen. Noch vor einigen Minuten war er glücklich gewesen. Er hatte eine Oma gehabt! Eine Oma, die zwar weder lesen noch laufen noch richtig sprechen konnte, dafür aber ihm gehörte. Jetzt hatte er nichts mehr. Jetzt war er der unglücklichste Mensch auf der Welt!

Kapitel 12

Fünfheilender Tee

Elias schloss seine Zimmertür und fing an zu weinen. Ihm war schrecklich zumute. Er stellte sich vor, wie die Oma im schmutzigen Wasser durch den schmutzigen Kanal schwamm und „Hilfe!" schrie und niemand sie hörte. Niemand ihr half ...
Und alles war seine Schuld! Er hätte besser aufpassen sollen, sie war doch noch so klein! So hilflos!
„Was soll ich jetzt machen?", rief er mit seiner leisen Stimme, von der er wusste, dass sie niemand hören würde. Zu seinem Erstaunen hörte ihn aber doch jemand.
„Eul nicht", ertönte es hinter ihm und die Oma kroch unter dem Bett hervor. Sie war ganz eingewickelt in den Wollschal mit Bömmelchen, den sie auch um den Kopf gebunden hatte. Sie sah aus wie ein winziger Inder.
„Du hast dich gerettet? Du bist nicht im Abfluss verschwunden?", rief Elias. Er hob die Oma hoch und fing an, mit ihr im Zimmer umherzuspringen. Er hatte das Gefühl, verrückt zu werden vor lauter Freude. „Du bist am Leben! Und du bist wieder bei mir! Das ist toll!"
„Das ischt toll, es ischt toll." Oma Undu verzog den Mund, nieste dreimal und putzte sich die Nase mit einem Fäustchen ab. Ihre Nase war geschwollen, der Schnupfen war schlimmer geworden.
Elias hörte auf zu springen.
„Du bist nur erkältet. Hab keine Angst, davon stirbt man

nicht." Das war eines von Mutters Lieblingssprichwörtern. „Ich koche dir Tee mit Honig, du schwitzt dich schön aus und morgen fühlst du dich wie ein Fisch im Wasser."
Undu sagte nichts, sie nieste nur wieder. Elias legte sie vorsichtig in den warmen Handschuh, wickelte ihr den Schal um den Hals, damit sie gut schwitzte, und ging Tee kochen.

Vor der Oma hatte er sorglos getan, aber in Wirklichkeit machte er sich große Sorgen. Er wusste nicht, was er tun sollte, wenn sie wirklich krank würde. Was würde er ihr geben? Zu welchem Arzt würde er mit ihr gehen? Nein, er musste die Krankheit um jeden Preis verhindern!
Als er am Badezimmer vorbeikam, bemerkte er, dass dort alles zum Waschen vorbereitet lag. Ein bisschen Wäsche war schon in der Waschmaschine, das Türchen stand noch offen. Die Mutter sortierte im Schlafzimmer schmutzige Bettwäsche aus.
Elias überlegte nicht lange und steckte schnell Omas nasse Kleidungsstücke in die Waschtrommel. So würden sie bestimmt sauberer, als wenn er sie mit der Hand wusch!
Nachdem das Problem der dreckigen Wäsche gelöst war, kümmerte sich Elias um Omas Tee. In der Teedose fand er die unterschiedlichsten Sorten: Hagebutte, Pfefferminze, Kamille, Lindenblüten und normalen schwarzen Tee. Er beschloss, von jeder Sorte einen Beutel zu nehmen. Den schwarzen ließ er aus, denn er hatte einmal von seiner Mutter gehört, dass sie nach schwarzem Tee schlecht schlafen konnte. Und Elias wollte ja, dass die Oma richtig gut schlief, weil man im Schlaf – das weiß jeder – wieder gesund wird. Für den guten Schlaf gab er dem Tee noch ein paar Tropfen Rumgeschmack bei. Seine Mutter hatte immer ein Fläsch-

chen davon bei den Backsachen. Zum Schluss löste er einen Löffel dunklen Waldhonig in der Teetasse auf und rührte alles ordentlich um.

Zurück im Zimmer hielt er Oma Undu einen Löffel Tee an den Mund, aber sie drehte nur den Kopf weg und presste die Lippen fest aufeinander. Elias seufzte. Undu benahm sich manchmal wie ein kleines verzogenes Kind!

„Sei vernünftig, Undu“, redete er ihr gut zu. „Du musst das trinken. Es ist ein fünfheilender Tee, weil er aus fünf Beuteln ist! Du willst doch nicht krank sein, oder willst du das?“
„Willst du das“, wiederholte die Oma und machte schnell wieder den Mund zu.
„Willst du nicht“, stritt Elias mit ihr und versuchte den Löffel mit dem fünfheilenden Tee durch ihre fest aufeinander gedrückten Lippen zu pressen. „Klar willst du nicht! Wenn man krank ist, dann tut einem alles weh und man muss zum Arzt und der Arzt gibt einem Medizin oder pikst sogar eine Spritze in dich hinein. Und die tut auch weh.“
„Die tut weh!“, sagte Undu weinerlich und presste die Lippen nicht mehr so fest aufeinander, sodass es Elias gelang, ihr den ersten Löffel einzuflößen. Schnell schob er den zweiten hinterher.
„Es reicht, wenn du zehn solcher Löffel schluckst“, versuchte er sie zu überzeugen. „Der hier war für Mama, der dritte für Papa ... und hopp rein damit! Na siehst du, wie es geht! Der vierte für Elias – das bin ich ... Was ist? Für mich musst du doch mindestens einen Löffel schlucken! So, fertig! Jetzt den fünften Löffel – der ist für die Feuerwehrleiter, auf der du so gerne draufsitzt, der sechste Löffel für die Straßenbahn unten auf der Straße ... Undu? Willst du nicht einen Löffel für die Straßenbahn? Da wird die Straßenbahn aber traurig sein! Hörst du, wie sie weint?“
„Straßenwahn weint?“, piepste Oma Undu.
„Straßenbahn“, korrigierte Elias sie und erklärte, was eine Straßenbahn ist. Dabei schob er ihr gleich den nächsten Löffel in den Mund.
„Der siebte Löffel ist für die Schuhe, die ich dir kaufen werde, der achte für die Nachbarin, die über uns wohnt, der neunte

für den Hund, der dich im Park fast angepinkelt hat ... Nein? Für den nicht? Gut, dann für das Bild an der Wand. Und den letzten, den zehnten Löffel dafür, dass ich dich schön im Arm schaukeln werde!“ Erschöpft legte Elias den Löffel zur Seite, hob die Oma samt Handschuh auf und begann, sie sanft in den Armen hin und her zu schaukeln.
Undus Augen wurden kleiner und kleiner, Elias summte ein Wiegenlied und dachte daran, was für ein Glück er hatte, dass die Oma wieder bei ihm war. Er konnte sich allerdings nicht erklären, wie sie aus dem Bad in sein Zimmer gelangt war, wenn sie doch nicht einmal richtig laufen konnte! Bestimmt war irgendein Geheimnis dahinter. Doch von einer Oma aus dem Ei konnte man erwarten, dass sie geheimnisvolle Sachen machte und sich nicht auf gewöhnliche Art benahm wie gewöhnliche Omas! Von einer Oma aus dem Ei konnte man alles erwarten!

Kapitel 13

Tanz in der Nacht

In der Nacht träumte Elias, dass die Oma krank geworden war und er sie gesund pflegen musste. Er kümmerte sich um sie, löffelte ihr Tee in den Mund und sagte dabei: „Für Viktoria, für Emil, für Emils tätowierten Opa, für meinen verlorenen Fußball, für deinen linken Fuß, für deinen rechten Fuß, für die Nudeln, die ich nicht aufgegessen habe, für Papas neues Computerspiel, für einen Fernseher, für zwei Fernseher, für drei ..."
„Fernseher!", stieß Elias laut hervor und wachte auf. Aus dem Wohnzimmer tönte wirklich der Fernseher. Sonst war die Wohnung leise und dunkel, wie jede Nacht. Draußen rauschte der Wind durch die Zweige der Akazie, hinter dem Vorhang guckte der Vollmond hervor und es schien, als würde die Welt zufrieden schlafen.
Nur im Wohnzimmer passierte etwas Merkwürdiges. Knistern, Musik und Wortfetzen drangen bis in Elias' Zimmer, als ob jemand dauernd von einem Programm zum anderen schaltete.
„Wahrscheinlich Papa", dachte Elias. Er gähnte, drehte sich auf die andere Seite und versuchte weiterzuschlafen. Doch dann beschloss er, noch einmal zu schauen, wie es Oma Undu ging. Vorsichtig zog er den Karton unterm Bett hervor und blickte hinein. Der Handschuh war leer!
Auch auf der Feuerleiter saß die Oma nicht.
„Undu!", rief Elias flüsternd. Niemand antwortete ihm. Nur

aus dem Wohnzimmer kamen die Geräusche des Fernsehers. Elias stand auf, lief auf Zehenspitzen durch den Flur und steckte den Kopf durch die Tür. Der Anblick, der sich ihm bot, ließ ihn erstarren.
Auf dem Tisch lag die Fernbedienung und auf der Fernbedienung stand Oma Undu. Nein, sie stand nicht, sie hopste. Sie war immer noch in den Wollschal gewickelt, die Bömmelchen hüpften ihr um den Kopf herum und sie trällerte in glänzender Laune ein lustiges Lied. Es klang so:

Berliner, Berliner, dreh dich um,
In meiner Tasse Tee mit Rum,
Zehn Löffel floss'n in meinen Mund,
Jetzt bin ich heiter, bin gesund!

Bei jedem Wort hüpfte sie auf einen anderen Knopf der Fernbedienung, sodass das Programm auf dem Bildschirm andauernd wechselte. Kaum hatte die Rockband drei Töne gespielt, wurde sie schon von schießenden Polizisten abgelöst, die im nächsten Augenblick von einer Herde wilder Pferde überrannt wurden, gleich darauf übertönt von schreienden Fußballfans. Elias begriff, dass der fünfheilende Tee die Oma zwar gesund gemacht, ihr aber gleichzeitig völlig den Kopf verdreht hatte. Er hätte wahrscheinlich den Rumgeschmack nicht hineintropfen sollen.
Undu hüpfte immer höher und höher und Elias wunderte sich: Wie konnte jemand, der doch eigentlich nur krabbeln und auf allen vieren laufen konnte, auf einmal so hoch springen? Und wer hatte ihr das merkwürdige Lied beigebracht, das sie so sicher, ohne Stocken und ohne Lispeln vor sich her sang? Bewirkte das etwa der Vollmond?

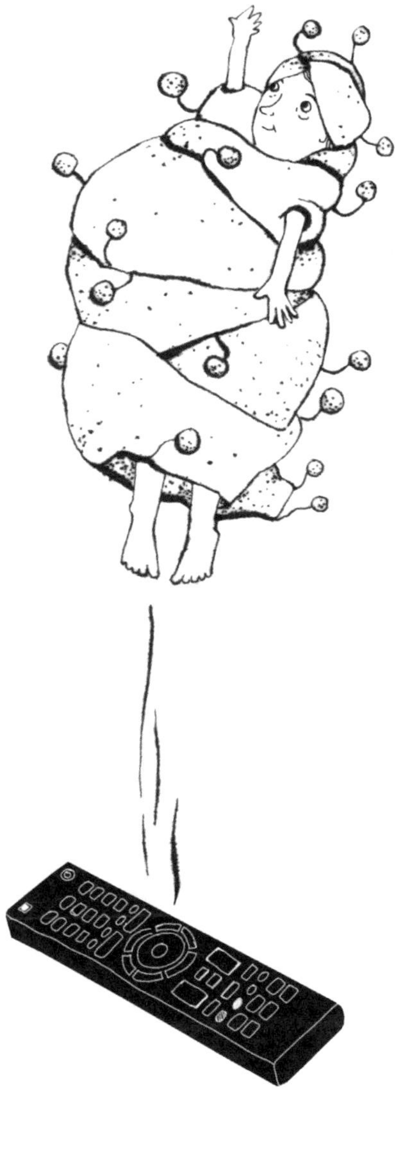

„Undu, hör auf, von einem Programm zum anderen zu springen! Und sei still!“, ermahnte er sie flüsternd, aber streng. „Du wirst noch Mama und Papa aufwecken!“
Aber Oma Undu hörte entweder nicht oder wollte nicht hören. Sie benahm sich wie eine Schlafwandlerin, und ohne Elias auch nur eine Sekunde lang Aufmerksamkeit zu schenken, jauchzte sie weiter:

Oma Undu kann sehr viel,
Schwimmen wie ein Krokodil,
Kann hoch springen, singen süß,
Auch schön grüßen: Hallo - tschüs!

Beim Wort „tschüs“ stieß sie sich ab, als wäre sie auf einem Wettkampf, sprang mindestens einen halben Meter hoch und landete auf allen vieren. Dabei drückte sie vier Knöpfe auf einmal. Das war zu viel für den armen Fernseher. In einem einzigen Aufblitzen waren auf dem Bildschirm Fußballfans mit wilden Pferden, schießende Polizisten und eine Rockband zu sehen. Dann machte es knacks!, als ob eine Nussschale platzen würde, und es war still und dunkel. In der plötzlichen Dunkelheit konnte Elias die Oma nicht sehen.
„Undu“, flüsterte er. „Wo bist du?“
Endlich erkannte er die winzige Gestalt. Platt wie ein Frosch lag sie auf der Fernbedienung und bewegte sich nicht.
„Ist etwas mit dir, Undu?“, fragte Elias erschrocken.
Statt einer Antwort flatterte auf einmal ein zufriedenes Schnarchen durch den Raum. Vor lauter Jauchzen, Tanz und Singerei war Undu in einen tiefen Schlaf gefallen, als hätte jemand mit einem Zauberstab gewunken.

Da hörte Elias plötzlich ein Geräusch aus dem Zimmer der Eltern. Zuerst knarrte das Bett, dann der hölzerne Fußboden. Elias packte hastig die schlafende Oma und lief mit ihr in sein Zimmer. Er schloss die Tür, steckte Oma in den Karton, hüpfte rasch ins Bett und zog sich die Bettdecke bis ans Kinn.
Als einen Augenblick später seine Mutter das Zimmer betrat, um zu sehen, ob alles in Ordnung war, sah sie nur einen vorbildlich zugedeckten Elias mit fest geschlossenen Augen. Im Zimmer schnarchte es sanft. Es klang, als ob Elias' Nase verschnupft sei. Die Mutter beschloss, ihm am nächsten Morgen eine Medizin gegen Schnupfen zu geben, damit er leichter atmen konnte. Dann ging sie beruhigt zurück ins Bett.

Kapitel 14

Zauberhafter Sonntag

„Das darf ja wohl nicht wahr sein!“ Mutters verzweifelter Aufschrei zerriss den Sonntagmorgen. „Alles ist blau verfärbt!“

Elias setzte sich im Bett auf. Obwohl in seinen Augen noch der Schlaf hing, wusste er gleich, was passiert war: Omas blaues Kleid und die Schürze hatten die Wäsche verfärbt! Elias stand schuldbewusst auf und ging sich die Bescherung anschauen.

„Ich habe doch nichts Blaues hineingetan!“, jammerte die Mutter unglücklich, während sie das blaue Bettlaken, die blauen Handtücher und die blauen Geschirrtücher herauszog.

„Alles blau, seht ihr?“

Sie sahen es. Elias und sein Vater, den Mutters Schrei ebenfalls aus dem Bett geholt hatte, standen im Badezimmer und guckten verdutzt zu. Doch plötzlich hellte sich die Miene des Vaters auf.

„Meine Hemden!“, jubelte er. „Alle blau!“

Wirklich, die Mutter zog ein Hemd nach dem anderen heraus. Zusammen waren es sieben – alle wunderbar himmelblau. Vaters Begeisterung kannte keine Grenzen.

„Endlich habe ich das, was ich immer wollte!“ Er faltete die Hände dankend zusammen. „Lebt wohl, Weiß und Beige! Leb wohl, hässliches Grau! Ich werde nie wieder zu wenige blaue Hemden haben, hurra!“ Er war so zufrieden, dass er

anfing, die Mutter zu küssen und zu umarmen und mit ihr durch den Flur zu tanzen.
Elias nutzte die kurze Abwesenheit der Eltern und griff in die Waschmaschine. Der Täter hatte sich unter den Geschirrtüchern versteckt: Omas Schürze und ihr Kleid. Gleich daneben die Strumpfhose. Die war allerdings von der blauen Flut verschont geblieben und war immer noch teichgrün.
Elias nahm die Kleidungsstücke und brachte sie in sein Zimmer. Er zog den Karton unterm Bett hervor und hängte die gewaschenen Sachen auf die Feuerwehrleiter. Undu schlief noch, eingekuschelt in den Handschuh. Elias beschloss, sie nicht zu wecken. Sie hatte eine wilde Nacht hinter sich und sollte sich richtig ausschlafen.

„Wer will Berliner?", rief der Vater. Die blauen Hemden hatten ihn so freudig gestimmt, dass er schnell in die Bäckerei gegangen war, um frische Brötchen und gezuckerte Berliner zum Frühstück zu holen. Sie saßen zusammen am Frühstückstisch, genossen das frische Gebäck, und Elias sah durch das offene Fenster die Autos und Fahrradfahrer, die die Stadt verließen. Auch er hätte gerne mit Vater und Mutter einen Ausflug unternommen, aber er wusste, dass die Eltern dafür jetzt nicht den Kopf hatten.
Gleich nach dem Frühstück würde der Vater sich an den Computer setzen, um an dem neuen Spiel weiterzuarbeiten, mit dem er den Wettbewerb gewinnen wollte. Die Mutter würde das dicke Buch aus der Bücherei aufschlagen, um mehr über die Schlösser zu lesen, die sie noch nicht kannte. Und Elias? Elias würde allein auf den Spielplatz gehen.
Aber das Rätsel mit den blauen Hemden blieb nicht das einzige Rätsel an dem Tag. Nach dem Frühstück gingen die

Wunder weiter. Die Mutter schaltete den DVD-Player ein, schob die Disc über Burg Karlstein hinein, setzte sich und nahm die Fernbedienung in die Hand. Sie drückte einen Knopf – nichts. Sie drückte einen anderen – wieder nichts.
„Was ist denn los?“, wunderte sie sich. „Sind die Batterien leer?“
„Letzte Woche erst habe ich neue hineingetan“, versicherte der Vater ihr und nahm ihr die Fernbedienung aus der Hand. Aber nicht mal sein fachmännisches Drücken der Knöpfe nützte etwas. Der Bildschirm blieb dunkel und stumm.
„Ich glaube, ich spinne“, murmelte er. „Gestern war noch alles in Ordnung! Der Fernseher geht doch nicht über Nacht von alleine kaputt!“
„Über Nacht, ja“, sagte Elias’ leise Stimme, die sein Vater nicht hören konnte. „Von allein, nein.“
Die Mutter überprüfte, ob mit dem Strom alles in Ordnung war. Sie schaltete den Staubsauger ein und machte das Licht an – aber der Staubsauger saugte Staub, die Lampe leuchtete. Die Mutter schüttelte verständnislos den Kopf. Dann sah sie Elias an.
„Hast du vielleicht mit dem Fernseher gespielt, Elias?“, fragte sie. „Hast du irgendwelche Knöpfe gedrückt?“
„Ich habe mit nichts gespielt“, antwortete Elias laut und wahrheitsgemäß. „Ich habe nichts gedrückt.“
Der Vater seufzte. „Ich kann mir da nicht helfen. Wir müssen jemanden anrufen, der das reparieren kann“, sagte er, nachdem er nochmal alle Knöpfe ausprobiert und keiner ihm gehorcht hatte.
„Aber was ist mit Burg Karlstein? Ich war schon auf allen berühmten Burgen, doch auf Karlstein war ich noch nie“, sagte die Mutter. „Ich habe zwar viel darüber gelesen, aber

auf dieser Disc sind alle Säle und Statuen und Gemälde, und die muss ich sehen!“

Draußen lachte die Sonne, von der Straße her dufteten die Akazien, ein Spatz setzte sich auf den Fenstersims und fing an zu zwitschern. Da passierte das zweite Wunder.

„Wenn du sie sehen musst, dann wirst du sie sehen“, sagte der Vater. „Zum Teufel mit dem Fernseher, lasst uns nach Burg Karlstein fahren!“

Und sie fuhren los. Der Vater im blauen Hemd, die Mutter mit einem Notizblock ausgerüstet und Elias mit einer wunderbaren Laune und ohne Oma, die das ganze Wunder verursacht hatte, aber jetzt so fest schlief, dass er sie nicht wecken konnte.

Sie nahmen auch die restlichen Berliner und die Brötchen mit, das Federballspiel, den Tee in der Thermoskanne, die große karierte Decke, ein paar Schnitzel vom Vortag, Regenmäntel, falls es regnen würde, Sonnenmilch für den Fall, dass es nicht regnete, und das Nest aus Vaters Lampenschirm und Mutters Haaren, das sie irgendwo im Wald auf einen Baum hinaufbringen wollten.

Die Burg war groß, innen drin kühl und voller Touristen. Als Elias und seine Eltern durch alle Säle gegangen waren und die Mutter sich alles, was nötig war, notiert, und alles, was erlaubt war, fotografiert hatte, machten sie sich auf den Weg in den Wald. Je weiter sie gingen, desto weniger Touristen begegneten ihnen, und das war schöner so. Schließlich blieben sie unter einem Felsen stehen, aus dem eine kleine Quelle sprudelte.

„Kommt, wir bleiben hier“, schlug Elias vor, weil er sah, dass das Wasser in ein Bächlein floss und man dort einen Damm bauen konnte. Der Vater sah das genauso. Und während die Mutter auf der Decke im Gras die Schnitzel auspackte, den Tee eingoss, die Schnaken verjagte und hinter ihrem Hut herlief, den ihr der Wind wegnahm, zogen sich Elias und sein Vater bis auf die Shorts aus und bauten einen Damm, sodass ein kleiner Teich entstand. In dem konnte man zwar nicht baden, aber man konnte sich darin wälzen. Elias wälzte sich so gründlich darin, dass er Matsch im Bauchnabel und in Ohren und Haaren hatte und die Mutter ihm schließlich verbot, sich neben ihr auf die saubere Decke zu legen.

Elias war das egal. Er setzte sich auf einen platten Stein, aß ein Schnitzel und guckte zum Hang gegenüber, wo eine schöne große Birke wuchs. Es war der höchste Baum in der Umgebung und Elias fand, dass es genau der richtige Baum für sein Nest war. Die Vogelkinder würden von diesem Nest einen wunderbaren Ausblick haben und bestimmt schnell fliegen lernen.

„Sollen wir das Nest auf die Birke dort tun?“, fragte Elias seinen Vater.

Die Mutter erschrak. „Kommt nicht infrage!“, rief sie. „Ich werde euch nicht mit gebrochenen Knochen ins Krankenhaus fahren!“

„Willst du damit sagen, dass ich nicht auf Bäume klettern kann?“ Der Vater war beleidigt.

Die Mutter nickte – natürlich, genau das wollte sie sagen. Der Vater aß das Schnitzel zu Ende und leckte sich die Finger ab. „Gehen wir“, sagte er und nickte Elias zu. „Nimm das Nest!“

Trotz Mutters Widerreden wateten sie durch den Bach auf die andere Seite und kletterten den steilen Hang hinauf. Als sie bei der Birke ankamen und den Kopf hoben, konnten sie jedoch kaum die schaukelnde Baumkrone im Wind erkennen,

so hoch oben war sie. Es war wirklich ein Dinosaurier-Baum! Elias sah den Vater besorgt an, und der Vater erwiderte Elias' besorgten Blick.
„Ganz nach oben können wir es nicht tun", sagte der Vater. „So hoch nisten Vögel nicht."
„Adler vielleicht", sagte Elias.
Der Vater schaute auf das Nest. „Meinst du, dass es ein Adlernest ist?", fragte er unsicher.
Elias schüttelte den Kopf.
„Eher für Spatzen", sagte er und maß die Höhe des Baums mit seinen Augen. Allein bei dem Anblick wurde ihm schwindlig. „Wir sollten es so niedrig wie möglich befestigen. Spatzen können nicht so gut fliegen."
„Du hast recht", stimmte der Vater mit Erleichterung zu und schwang sich auf den untersten Ast. Er reichte Elias die Hand und zog ihn zu sich hinauf. „Nicht dass den kleinen Spatzen wegen uns noch etwas passiert!"
Sie kletterten auf den dritten Ast von unten, und das war schon alles andere als leicht! Sie schnauften wie Nilpferde und beschlossen, dass diese Höhe für Spatzen reichte. Sie drückten das Nest in die Astgabel, damit es nicht auf die Erde fiel, und blickten hinunter. Die Mutter saß am Ufer des Bächleins, verjagte die Schnaken und schaute besorgt zur Birke herüber.
„Sie hat Angst um uns", bemerkte der Vater belustigt. „Sie meint, wir können nicht auf Bäume klettern!"
„Wenn wir wollten", sagte Elias, „könnten wir locker bis ganz nach oben klettern!"
„Ganz locker." Der Vater nickte und begann vorsichtig wieder hinunterzusteigen.
An diesem Tag überzeugten sie sich noch davon, dass sie

locker ein Boot aus Baumrinde schnitzen, im Handumdrehen Kaulquappen fangen, fünf Federbälle verlieren, alle Berliner essen und dann nebeneinander alle drei auf der Decke einschlafen konnten. Von der heißen Frühlingssonne holten sie sich locker einen Sonnenbrand am Rücken und dann pusteten sie sich im Auto ganz locker gegenseitig auf die verbrannten Stellen.

Es war ein zauberhafter Sonntag. Erst als die Mutter Elias zu Hause im Badezimmer von den letzten Spuren Dreck befreit und ihn ins Bett geschickt hatte, erinnerte er sich wieder an die Oma.

Er zog den Karton hervor und schaute hinein. Oma Undu saß auf der Feuerwehrleiter, hatte wieder ihr Kleid, die Schürze und die teichgrüne Strumpfhose an, aß gerade ein Eierplätzchen und sah unheimlich gut ausgeschlafen aus.

„Servus", sagte Elias.

„Servus", lispelte die Oma und wischte sich die Krümel vom Kinn.

„Bist du gesund?"

„Ganz gesund!" Die Oma nickte fröhlich, zog die Nase hoch und voller Übermut setzte sie sich von der vierten Sprosse auf die fünfte.

„Gut. Dann kommst du morgen mit in die Schule", sagte Elias.

„Schule? Was ischt das: Schule?", wollte Oma wissen.

„Das ist ...", Elias stutzte. Er ging zwar schon in die erste Klasse, aber jemandem genau zu erklären, was Schule ist, war nicht so einfach – und er wollte Oma doch nicht verwirren. Im Gegenteil: Sie sollte alles lernen und verstehen, damit sie bald so gescheit war wie andere Omas.

„Das ist ein großer Kindergarten", sagte er schließlich. Er

hoffte, dass er damit nicht ganz falsch lag und Oma damit zufrieden war. „Für große Kinder."

„Was sind Kinder?", wunderte sich Oma und biss mit Hingabe in das nächste Eierplätzchen. Sie war ausgeruht und voller Energie und hätte am liebsten bis Mitternacht geplaudert. Dafür waren Elias' Augen klein und müde.

„Ich bin zum Beispiel ein Kind. Und frag mich jetzt nichts mehr, Undu", bat er. „Ich muss schlafen. Morgen ist Montag."

„Was ischt Montag?", fragte die Oma. Doch sie bekam keine Antwort mehr.

Kapitel 15

Es wird schon irgendwie

Der Gang in der Schule füllte sich wie jeden Montag mit Kindern, die sich schnell und laut erzählen mussten, was sie am Wochenende erlebt hatten.
„Ich war im Badeparadies!“, schrie Viktoria. „Das hatte Wellengang und ich bin auf der längsten Rutschbahn der Welt gerutscht!“
„Ich war auf einer Hundeausstellung!“, rief Emil. „Und unsere Arna hat die Bronzemedaille geholt!“
„Und ich war auf einem Seniorenwettkampf!“, übertönte ihn Gregor. „Und unsere Oma hat auch eine Medaille gekriegt. Aber eine silberne, ätsch!“
„Mich haben meine Opas in die Konditorei mitgenommen“, gab Milan an. „Und wir haben alle zusammen neunzehn Windbeutel gegessen!“
„Und wir waren auf Burg Karlstein!“, rief Elias froh, dass auch er dieses Mal etwas zum Angeben hatte.
„Na und?“ Viktoria verzog den Mund.
„Da war ich schon zweimal!“, sagte Emil.
„Ich zehnmal!“, überschrie ihn Gregor.
„Ich eine Million Mal!“, trumpfte Milan auf.
„Und ich habe eine Oma aus dem Ei!“, fuhr es da aus Elias heraus, bevor er sich daran erinnerte, dass er sein Geheimnis doch niemandem erzählen wollte!
„Meinst du ein Überraschungsei?“, fragte Milan. „Von denen habe ich eine ganze Schachtel zu Hause und es sind Autos

drin. Willst du eines?“ Milan zog ein paar kleine Autos aus der Tasche heraus und streckte Elias großzügig die Hand hin, sodass er sich eines aussuchen konnte.
„Danke“, sagte Elias mit seiner lauten Stimme und suchte sich ein rotes Auto aus. Mit seiner leisen Stimme, die die Kinder nicht hörten, sagte er: „Ah, was ist schon dabei, ein Plastikauto! Ich habe eine Oma aus einem echten Ei und sie ist lebendig und ich habe sie hier in der Tasche! Aber ich zeige sie keinem!“
Elias hatte Angst, dass die anderen sich Oma Undu sofort ausleihen wollten, wenn sie sie sahen. Sie würden sich um sie raufen und zanken, so wie sie sich in den Regenpausen um die Spielsachen zankten, und sie könnten ihr wehtun. Noch größere Angst aber hatte er davor, dass sie mit Undu schön spielten und Undu sie so lieb gewinnen würde, dass sie lieber bei jemand anderem als bei Elias bleiben wollte ... Das aber ging nicht, das war ausgeschlossen, die Oma gehörte doch nur Elias!
Also verriet er lieber nichts und ließ die Oma in seiner Hosentasche.
Zu Hause vor dem Weggehen hatte er ein kleines Loch in den Stoff geschnitten, damit sie alles gut sehen konnte. Und es gab was zu sehen!
An dem Tag besuchte nämlich ein Puppentheater die Schule und führte die Geschichte vom „Hässlichen Entlein“ auf. Alle verfolgten mit Spannung, wie aus dem kleinen ungeschickten Küken schließlich ein wunderschöner Schwan wurde, der in ferne Länder flog. Die Kinder kannten die Geschichte schon aus dem Buch, aber jetzt auf der Bühne gefiel sie ihnen noch besser. Als die Vorstellung zu Ende war, klatschten sie lange. Oma Undu war auch begeistert. Elias fühlte,

wie sie mit ihren kleinen Ärmchen in seiner Tasche wedelte, zusammen mit den Kindern klatschte und „Zugabe!“ schrie. Aber die Puppen gaben leider keine Zugabe, weil sie noch in eine andere Schule fahren mussten, um das Märchen vorzuführen.

„Weiß jemand von euch, wer genauso gut fliegen kann wie ein Schwan?“, fragte die Lehrerin die Klasse nach der Vorstellung.
„Ein Flugzeug!“, schrie Emil, sprang gleich auf und lief mit ausgestreckten Armen durchs Klassenzimmer. Er dröhnte dabei laut wie ein Flugzeugmotor.
„Eine Rakete!“, rief Gregor und überholte Emil, und weil das Klassenzimmer zu klein für eine Rakete war, flog er in den Flur hinaus.
„Ein Storch“, sagte Elias. Aber er sprang nicht auf und fing nicht an zu laufen, weil er Angst hatte, dass ihm die Oma aus der Tasche fiel.
„Schmeißfliegen“, sagte Viktoria und summte.
„Ein Heißluftballon“, sagte Milan und summte auch, weil ihm nichts Besseres einfiel.
„Ein Drachen“, sagte Lucy.
Alle Kinder verstummten für eine Weile und dachten über das nach, was Lucy gesagt hatte. Märchendrachen mit sieben Köpfen und sieben Schwänzen, Drachen, die Feuer spuckten und Prinzessinnen entführten, konnten bestimmt schneller fliegen als Schwäne, Störche und Flugzeuge. Vielleicht sogar schneller als eine Rakete.
„Du hast recht, Lucy“, sagte die Lehrerin. „Ein Drachen kann sehr weit fliegen. Und vor allem sehr hoch! Wisst ihr was? Wir werden solche Drachen basteln und dann werden wir

sie im Park steigen lassen! Es ist zwar nicht Herbst, aber draußen bläst es ganz schön!"
Die Kinder begriffen, dass die Lehrerin nicht über speiende Feuerdrachen sprach, sondern über Flugdrachen aus Papier. Im ersten Augenblick waren sie enttäuscht, aber dann fingen sie an, sich zu freuen.
„Ich werde den größten basteln!", schrie Emil.
„Ich werde einen mit zwei Schwänzen haben!", trumpfte Gregor auf.
„Mein chinesischer Opa kann Drachen aus Seide machen", verkündete Lucy.
„Und mein dicker Opa wird mir einen Superdrachen basteln und der wird deinen Seidendrachen auffressen!", wieherte Milan.
Die Lehrerin sagte, dass die Väter und Opas und natürlich auch die Mütter oder Omas beim Drachenbasteln helfen könnten, aber das Gesicht des Drachen sollten die Kinder ganz alleine malen. Dann befestigte sie ein großes Blatt Papier an der Wand im Flur, auf dem geschrieben stand:
DRACHENFLIEGEN! Welcher Drachen fliegt am höchsten? Kommt nächsten Samstag mit eurem Drachen in den Park! Der Sieger wird mit einem großen Eis belohnt!
Nach der Schule war Elias sehr nachdenklich. Er wusste, dass der Vater keinen Drachen mit ihm basteln würde und die Mutter auch nicht, und Oma Undu wusste bestimmt nicht mal, was ein Drachen ist. Und ihm war klar, dass er ohne einen Drachen am Drachenfliegen nicht teilnehmen konnte und dass jemand anders das große Eis gewinnen würde.
„Wir können einen Drachen kaufen", schlug die Mutter vor, als sie ihn abholte.
„Können wir nicht. Die Lehrerin hat gesagt: basteln. Und sie

hat auch gesagt, dass wir das Gesicht ganz alleine malen sollen", erklärte Elias.
„Das wird schon irgendwie", sagte Mutter und schaute auf die Uhr. „Wir müssen los! Ich muss noch in die Bücherei und dann einkaufen."
Elias seufzte. Ihm war klar, auf was er sich gefasst machen konnte. Wenn die Mutter sagte, es wird schon irgendwie, wurde es meistens nirgendwie oder sehr schlecht.

Kapitel 16

Das Päckchen

Vor dem Haus trafen sie die Nachbarin aus dem zweiten Stock. Sie kam vom Spaziergang.
„Elias, da ist ein Päckchen für dich bei mir", sagte sie.
„Für mich?" Elias lebte auf. Er bekam gerne Päckchen, nur, dass er fast nie eines bekam. Er hatte keine Ahnung, von wem es sein könnte.
„Heute Morgen, als du in der Schule warst, hat es so ein komischer Postbote gebracht", fuhr die Nachbarin fort, während sie die Treppe hinaufstiegen. „Stell dir vor, er klingelte unten an der Haustür, und als ich fragte, wer es war, sagte er ‚Bote'. Nicht Postbote, er sagte einfach nur ‚Bote'."
„Hm", machte Elias. Sehr interessant kam es ihm nicht vor.
„Aber das ist noch nicht alles", fuhr die Nachbarin fort. „Als ich dann den Summer drückte und ihn ins Haus ließ, war er an meiner Tür, bevor ich sie geöffnet hatte. Er ist wohl die beiden Stockwerke nicht hinaufgelaufen, sondern hinaufgeflogen!"
Die Nachbarin blieb vor ihrer Wohnung stehen und schloss auf. „Also, hier hast du es." Sie reichte Elias ein Päckchen in gelbem Papier, das mit einer Schnur umwickelt war.
„Danke", sagte Elias und untersuchte es neugierig.
„Noch eine Sache finde ich sehr seltsam." Die Nachbarin schüttelte nachdenklich den Kopf. „Schau mal, auf dem Päckchen steht keine Adresse!"
In der Tat: Elias drehte und wendete das Päckchen in alle

Richtungen, aber nirgendwo konnte er eine Adresse oder eine Briefmarke finden. „Woher konnte er nur wissen, dass es für dich ist?“, wunderte sich die Nachbarin.
„Das wissen die Boten schon“, sagte Elias schnell. Er hatte Angst, dass am Ende noch herauskam, dass das Päckchen für jemand anderen war.
„Also viel Spaß damit – was immer es sein mag“, sagte die Nachbarin, lächelte und schloss ihre Wohnungstür.

Elias kam nach Hause und legte das Päckchen auf den Schuhschrank. Es war ungefähr so groß wie ein Baustein und die Schnur, mit der es umwickelt war, sah schmuddelig aus.
„Willst du es nicht aufmachen?“, wunderte sich die Mutter.
„Erst später“, antwortete Elias gleichgültig. In Wirklichkeit aber war er überhaupt nicht gleichgültig, sondern gespannt und neugierig. Doch er wollte dieses Gefühl so lange wie möglich genießen. Wenn er das Päckchen öffnete, wusste er ja schon, was drin war, und die ganze schöne Neugier wäre verflogen. Langsam machte er die Schnürsenkel auf, zog die Jacke aus, half der Mutter die Einkaufstaschen in die Küche zu bringen und wartete, bis die Mutter sich in das neulich ausgeliehene Buch vertiefte. Dann nahm er das Päckchen und schüttelte es. Drinnen rumpelte es leise. Elias ging damit in sein Zimmer.
„Hast du’s gehört? Ich habe ein Päckchen bekommen“, sagte er, zog die Oma aus seiner Hosentasche und setzte sie neben das Päckchen auf den Teppich. „Es ist keine Adresse drauf, aber es ist für mich.“
„Es ischt für mich“, erwiderte Oma und begann an der Schnur zu ziehen. Aber die war mehrmals verknotet und ging nicht auf. Elias nahm die Schere und wollte sie aufschneiden, aber

es gelang ihm nicht. Es war die festeste Schnur, die er je gesehen hatte. Doch schließlich schafften sie es, sie mit vereinten Kräften aufzuknoten. Eine Weile knotete Oma auf und Elias schaute zu, dann schaute wiederum Oma zu und Elias knotete auf, bis endlich der letzte Knoten nachgab.
„Zeig her, ich packe es aus“, sagte Elias und schubste Oma Undu ein bisschen, weil sie ihm im Weg stand.
„Ich packe es aus!“, kreischte Undu, klammerte sich an dem gelben Papier fest und ließ nicht los. Elias wurde wütend.
„Ich hätte dich nicht mit in die Schule nehmen sollen!“, schrie er sie an. „Du hast dir von den Kindern das Streiten abgeguckt und jetzt streitest du dich auch!“
„Du streitest dich auch!“, äffte die Oma Elias nach und zog weiter an dem Papier. An einer Stelle riss es auf und darunter kam eine Schachtel zum Vorschein.
„Eine Schachtel!“, rief Elias. „Oh, was ist wohl drin?“
„Oh, was ischt wohl drin!“, heulte die Oma wie eine Sirene und riss auch das restliche Papier von der Schachtel herunter.

„Ich glaube ... ich glaube ... Bonbons!", riet Elias und wartete darauf, dass sie es wieder nachplappern würde.
„Ich glaube ... ich glaube ... Schuhe!", sagte die Oma. Sie hatte Elias' kurze Unaufmerksamkeit ausgenutzt und die Schachtel geöffnet. Es lagen Schuhe drin. Kleine Lederschuhe mit roten Schnürsenkeln. Elias hob einen Schuh hoch und bemerkte einen Zettel. Es stand etwas darauf geschrieben, aber Elias wusste nicht was, denn er konnte noch nicht so gut lesen. Also ging er ins Wohnzimmer.
„Liest du es mir vor?", fragte er die Mutter und hielt ihr den Zettel vor die Nase.
„Da steht: Schuhe Nummer zweieinhalb. Und darunter: Für die Oma aus dem Ei", las die Mutter. „War das in dem Päckchen?"
„Ja", antwortete Elias. Er begriff, dass sein Vater recht hatte. Das Internet konnte alles. Es war echt ein Wunder.

„Das sind Schuhe für dich, Undu", erklärte Elias, als er in das Zimmer zurückkam. Aber die Oma hatte nicht auf seine Erklärungen gewartet. Sie hatte die Schuhe schon angezogen und mühte sich nun mit den Schnürsenkeln ab. Sie zog und zupfte an ihnen und verknotete sie unterschiedlich.
„Schlokkofuß Flopsser Bepstes Penst Ibanug!", schimpfte sie dabei, wie immer, wenn sie wütend war.
„Ich hab dir doch gesagt, du sollst nicht schimpfen!", ermahnte Elias sie. „Das ist nicht schön!"
„Ischt das nicht schön?" Oma Undu schaute auf ihre Füße in den neuen Schuhen. Sie wurde traurig und über ihre Wange kullerte eine kleine Träne. „Ischt das nicht schön?"
„Ich meine nicht deine Schuhe", sagte Elias schnell. „Ich meine dein Geschimpfe. Schau mal, ich schimpfe auch nicht

mehr. Ich habe aufgehört damit. Nur manchmal sage ich Blödmann. Das darf man sagen, denn einer in meiner Klasse ist wirklich ein Blödmann."

„Einer ischt wirklich ein Blödmann", wiederholte die Oma eifrig und sah zu, wie Elias ihr beide Schuhe zuband.

„Du sagst dieses Wort nicht", fuhr Elias mit der Erziehung fort. „Lern du lieber laufen. Jetzt hast du Schuhe, jetzt gibt es keine Ausrede mehr."

Er zog die beiden Schlaufen fest, stellte Oma Undu auf den Teppich und reichte ihr einen Finger. Undu packte ihn, und der Unterricht begann. Es ging wunderbar. Vor dem Abendbrot drehten sie zwei Runden um das Zimmer und nach dem Abendbrot nochmal zwei. Ohne ein einziges Mal hinzufallen.

Als Elias die Oma ins Bett brachte, zog sie ihn an sich, einfach so, unerwartet, strich ihm über die Wange und gab ihm einen Kuss auf die Nase.

„Elias ischt ein lieber Blödmann", sagte sie zärtlich.

Aber als er ihr dann die Schuhe ausziehen wollte, hielt sie sie mit beiden Ärmchen so fest, dass er sie nicht aufschnüren konnte.

„Nein! Schuhe für Undu!", kreischte sie und schob Elias' Hände weg. Er wollte nicht, dass ihr die Tränen kamen, und so ließ er ihr die Schuhe. Wieso sollte seine Oma nicht mal mit Schuhen schlafen, dachte er. Wenn es ihr doch Freude machte!

Kapitel 17

Wind für Anfänger

Die Mutter ließ das Fenster über Nacht offen und Elias wurde von Vogelgeschrei geweckt. Es war noch früh. Von den Blättern der Akazie perlten Tautropfen, und aus dem Park roch es nach nassem Gras.

Elias blinzelte in den neuen Tag und überlegte, was gestern passiert war und was ihn heute erwartete. Manchmal hatte er nach dem Aufwachen Schwierigkeiten, sich an alles zu erinnern. Dinge, die passiert waren, tauchten langsam und verschwommen auf und er wusste nicht mehr genau, was wahr war und was er nur geträumt hatte.

Gestern hatte er ein Päckchen bekommen – das war bestimmt kein Traum. Im Päckchen waren Schuhe für Oma Undu gewesen. Elias hatte ihr das Laufen beigebracht und dann hatte er ihr erlaubt, in den Schuhen zu schlafen. Gestern war auch der Tag gewesen, an dem er die Oma in die Schule mitgenommen hatte und sie zusammen das Theaterstück vom „Hässlichen Entlein" gesehen hatten. Und dann, erinnerte er sich, dann hatte die Lehrerin den Wettbewerb im Drachensteigen angekündigt.

Elias setzte sich im Bett auf.

„Bin ein Flugzeug", tönte es plötzlich irgendwo von oben. Elias hob erschrocken den Kopf. Auf dem Schrank stand Undu mit ihren neuen Schuhen und bereitete sich auf einen Sprung vor. Ihre Flügelchen klappten auf und zu und Elias stellte erstaunt fest, dass es keine kahlen Stummelchen

mehr waren, aus denen hier und da ein Federchen herausragte, sondern richtige Flügel. Sie waren stärker und größer geworden und gelbes Gefieder umhüllte sie.
Die Oma stand am Rand des Schrankes, schlackerte wild mit ihren Flügeln und setzte zum ersten Flug an.
„Bin ein Flugzeug, bin eine Kakete, bin ein Drache!“, schrie sie, und es waren genau die Wörter, die sie gestern von den Schulkindern gehört hatte.
„Nein! Warte! Du bringst dich noch um!“ Elias sprang auf, um sie am Sprung zu hindern, aber es war zu spät. Oma Undu stieß sich ab und stürzte mit dem Kopf voran nach unten. Ihre Flügel spannten sich zwar, aber sie waren doch noch zu schwach; und so fiel Undu direkt in den Kübel mit der Palme. Sie blieb mit der Schürze an einem Palmenblatt hängen.
„Hilfee! Hilfee!“, kreischte sie. „Bin tötet!“
„Schrei nicht so! Du bist nicht tot!“, beruhigte Elias sie und befreite sie vorsichtig von der Palmenschaukel. „Du bist nur ein bisschen dumm. Meinst du, du kannst fliegen, nur weil du gerade gelernt hast zu laufen?“
Oma Undu nickte und zupfte sich ihre Flügel zurecht.
„Das ist nicht so einfach. Das muss man trainieren, Undu“, erklärte Elias. „Du hast gestern ‚Das hässliche Entlein‘ gesehen – es ist doch auch nicht gleich geflogen! Zuerst probieren wir es von der Lampe bis aufs Bett!“
Je früher Undu mit dem Trainieren begann, dachte Elias, desto kleiner war die Gefahr, dass sie sich verletzte. Seine Oma war ja ganz vernarrt in das Fliegen. Wenn sie es alleine probierte, während Elias in der Schule war, konnte sie sich leicht etwas brechen. Er setzte sie auf seine Nachttischlampe.
„Das ist nicht hoch, hier passiert dir nichts“, versicherte er

ihr. „Zuerst wedelst du nur so mit den Flügeln, weißt du? Und wenn du fühlst, dass der Wind dich stützt, lass los und dann fliegst du!“
Oma Undu begann brav mit den Flügeln zu wedeln und nach einer Weile stieß sie sich ab. Sie flog nicht. Sie plumpste herunter wie ein Stein und bohrte sich mit dem Dutt ins Kissen. Aber sie sprang sofort auf und wollte es nochmal probieren. Elias setzte sie wieder auf die Lampe und alles verlief genauso wie beim ersten Mal. Der dritte Versuch fiel nicht besser aus.
Undu fing an weinerlich zu werden.
„Ich will fliegen“, jammerte sie. „Mach Wind!“
„Na klar!“, rief Elias. „Das ist es! Wir müssen Wind machen!“
Leise lief er ins Badezimmer und brachte den Haartrockner mit. Er steckte das Kabel in die Steckdose und setzte die Oma wieder auf die Lampe.
„Ich werde dir Wind für Anfänger machen“, sagte er. „Mach dich bereit. Eins – zwei – drei – jetzt!“
„Jetzt!“, wiederholte Undu und wedelte mit ihren Flügeln.
Elias schaltete den Haartrockner auf die höchste Stufe und hielt den starken Luftstrom voll auf die kleine Person. Ihre Flügel legten sich in den Wind, sie jauchzte vor Freude, stieß sich ab – und fiel wie vorher vornüber. Doch auf einmal bekamen ihre Federn Auftrieb und ließen sie ein Stückchen nach oben steigen.
Oma Undus Sprung verwandelte sich in einen Flug!
„Wedel, wedel, wedel!“, rief Elias aus Sorge, dass sie aufhören könnte, die Flügel zu bewegen.
Und die Oma wedelte. Sie wedelte, bis der Dutt ihr auf die Seite rutschte, sie wedelte, bis ihr das Kinn zitterte, sie wedelte, bis es aus ihr herausrauchte. Sie flog bis zum Klei-

derständer, klammerte sich an Elias' Jacke fest und faltete keuchend ihre Flügel zusammen. In diesem Augenblick ging die Tür auf.
„Was stellst du denn hier an?“, wunderte sich die Mutter.
Elias richtete den Haartrockner auf seinen Kopf. „Ich ... trockne mir die Haare“, stotterte er. Die Mutter fasste in seinen Haarschopf.
„Die sind doch trocken“, sagte sie, nahm ihm den Haartrockner aus der Hand und schaltete ihn aus. „Kannst du mir erklären, wieso du dir trockene Haare trocknest?“
„Weil ... damit sie noch trockener werden“, antwortete Elias mit seiner lauten Stimme. Mit seiner leisen Stimme, die Mutter nicht hören konnte, fügte er hinzu: „Und damit Oma fliegen lernt.“
„Du bist verrückt.“ Die Mutter schüttelte den Kopf und ging aus dem Zimmer.
„Du bist verrückt“, wiederholte die Oma belustigt. Sie hatte wunderbare Laune, da ihr der erste Flug so gut gelungen war. Die Mutter blieb auf der Türschwelle stehen und drehte sich um.
„Was sind das für Frechheiten, Elias?“
„Ich ... habe nichts gesagt“, versuchte sich Elias herauszureden und gab der Oma mit der Hand geheime Zeichen, dass sie schweigen sollte.
„Doch!“ Die Mutter ließ nicht locker. „Du hast gesagt, dass ich verrückt bin.“
„Dass ich verrückt bin!“, äffte die Oma sie nach.
„Hör auf damit!“, ärgerte sich die Mutter. „Ich habe ganz gut gehört, wie du gesagt hast: ‚Du bist verrückt!‘“
„Du bist verrückt“, stimmte Oma ihr zu, versteckt hinter dem Kragen von Elias' Jacke.

Das war zu viel für die Mutter.
„Du hörst also nicht auf!“, rief sie aufgebracht. „In letzter Zeit wirst du immer frecher! Du gehorchst nicht, du räumst nicht auf – guck dir diesen Saustall hier an!“
Elias schaute sich um. Wirklich, seit er die Oma hatte, räumte er nicht viel in seinem Zimmer auf. Auf dem Teppich verstreut lagen Omas Schal mit Bömmelchen, Elias’ Socken, eine leere Tüte Eierplätzchen, das Papier und die Schnur vom Schuhpäckchen. Auf der Fensterbank flogen der Strohhalm und daneben das umgekippte Schnapsglas herum und auf dem Bett klebte manches gelbe Federchen.
„Damit du’s nur weißt, heute Nachmittag gehst du nicht auf den Spielplatz, sondern wirst hier schön aufräumen“, entschied die Mutter und ging hinaus in den Flur.
„Schön ...“ Die Oma wollte Mutters Satz wie üblich wiederholen, aber Elias sprang zum Kleiderständer und drückte ihr den Mund so fest zu, dass sie nur die Augen verdrehen konnte.
„Hast du etwas gesagt, Elias?“, fragte die Mutter und steckte wieder den Kopf durch die Tür.
„Schön ... Eine schöne Idee, hier mal wieder aufzuräumen“, sagte Elias und lächelte die Mutter an, damit sie nicht dachte, dass er wieder irgendeine Frechheit gesagt hatte.

Kapitel 18

Das hässliche Entlein

Nicht einmal eine Woche war seit Omas erstem Flug vergangen und Elias' Zimmer hatte sich in einen Flughafen verwandelt. Hättet ihr einen Blick hineinwerfen können, hättet ihr wahrscheinlich nichts Außergewöhnliches bemerkt – außer vielleicht die ungewohnte Ordnung. Das Bett war jeden Tag gemacht, nirgendwo lag Wäsche herum, auf dem Teppich war kein Krümelchen mehr zu finden und das Schnapsglas mit dem Strohhalm zusammen mit Omas restlichen Sachen war im Karton unterm Bett verschwunden.

Elias und die Oma bemühten sich, das Zimmer möglichst ordentlich zu halten, damit die Mutter nicht auf die Idee kam, selber aufzuräumen. Elias saugte sogar selbst Staub, weil er Angst hatte, dass seinem Vater einfallen könnte, hier mit dem Staubsauger herumzustöbern. Die Eltern durften die Flugvorrichtung auf keinen Fall entdecken. Denn seit ihrem ersten Flug gefiel der Oma das Fliegen so sehr, dass sie nichts anderes mehr tun wollte.

„Aufstehen! Wir gehen fliegen!", sprudelte es aus ihr schon am frühen Morgen heraus. Und wenn Elias nicht antwortete und weiterschlief, kletterte sie zu ihm aufs Bett und versuchte ihm mit ihren kleinen Fingerchen die Augenlider hochzuziehen.

„Lass mich noch ein Weilchen schlafen", brummte Elias. „Warte noch zehn Minuten!"

Die Oma setzte sich auf das Kissen und wartete brav. Aber

lange hielt sie es nicht aus. Nach einer Minute beugte sie sich über Elias und öffnete wieder sein Auge.
„Waren schon zehn Minuten", verkündete sie. „Gehen wir fliegen!"
Elias wusste, dass Oma Undu nicht nachgeben würde. Wenn sie beschlossen hatte, dass es Zeit zum Trainieren war, war Schlafen Nebensache. Besser, er stand auf, zog sich leise an, damit er die Eltern nicht weckte, und bereitete dann mit Undus Hilfe den Flugplatz für die Trainingsflüge vor.
Zwischen Kleiderständer und Fenster spannte Undu eine Schnur, auf dem Teppich breitete Elias seine Bettdecke aus, die Palme schob er in die Ecke und unter die Deckenlampe hängte er einen aufgespannten Regenschirm mit dem Griff nach oben auf.
„So, Undu, packen wir's an! Flug Nummer eins!", verkündete er dann und setzte die Oma auf den Schrank. „Fang an zu wedeln!"
Das Flügelschlagen vor dem Flug – oder Wedeln, wie Elias sagte – war wichtig. Den Haartrockner konnten sie nicht einsetzen, weil er zu laut war, und so musste Undu sich selber Wind machen. Sie hielt sich am Plüschelefanten fest, der oben auf dem Schrank stand, und mit großer Geschwindigkeit bewegte sie die kleinen Flügel hinauf und runter, hinauf und runter, bis Elias sah, dass ihre Fersen vom Boden abhoben. Das war der richtige Augenblick für den Start.
„Auf die Plätze, fertig, los!", rief er dann und hob das grüne Schild.
Die Oma ließ den Elefanten los, stieß sich ein wenig ab, stieg ein bisschen auf und steuerte quer durch das Zimmer. Manchmal, wenn sie zu wenig Wind gemacht hatte und der Start misslang, fiel sie nach ein paar misslungenen

Flügelschlägen in den offenen Regenschirm, wo Elias sie wieder herausfischte und erneut auf dem Schrank in Stellung brachte.
Aber wenn der Start gelang und Oma Undu gut in Form war, überwand sie die Entfernung zwischen Schrank und Tür, bevor Elias bis zehn zählen konnte.
„Neun“, meldete er die Flugdauer. Manchmal auch: „Acht.“ Oder sogar: „Siebeneinhalb.“
Oft aber hatte die Oma zu wenig Schwung genommen, um über die Schnur fliegen zu können und flog unten durch.

„Notlandung“, rief sie in einem solchen Fall und fiel auf die ausgebreitete Decke.
Bevor man das Knarren der Schlafzimmertür und Mutters Schritte im Flur hören konnte, hatten sie mindestens zwanzig solcher Trainingsflüge geschafft. Oma Undu beseitigte dann blitzschnell die Schnur, Elias faltete den Regenschirm zusammen und warf die Decke zurück aufs Bett. Und während er in die Küche ging, um den Kakao fürs Frühstück zu

machen, legte Undu für ihn saubere Socken und ein frisches T-Shirt auf dem Stuhl bereit. So sparten sie Zeit, denn Mutter und Vater hatten es morgens immer eilig.
Und noch eine Sache hatte sich die Oma angewöhnt: Sie küsste Elias jedes Mal vor dem Weggehen auf die Nase.

Oma Undus Flügel waren mit jedem Tag kräftiger und ihr Flug sicherer geworden. Einmal, als Elias aus der Schule kam, fand er die Oma schlafend oben auf dem Türrahmen. Sie war den ganzen Tag geflogen und so müde, dass sie es nicht mal mehr in ihren Karton zurück geschafft hatte. Ein anderes Mal jagte sie Elias wirklich einen Schrecken ein. Sie hatte ihn nicht wie gewohnt geweckt, und als er selber aufwachte und nach ihr schaute, war sie nirgendwo zu finden. Er durchstöberte das ganze Zimmer, rief leise nach ihr, aber von der Oma keine Spur! Er machte sich schon ernsthafte Sorgen, als er auf einmal draußen vorm Fenster etwas Blaues entdeckte. Es war Omas Schürze, und in der Schürze steckte ... natürlich Oma Undu! Sie saß auf dem Ast der Akazie, baumelte mit den Beinen und kaute ein grünes Blättchen. Elias ärgerte sich.
„Undu!", rief er und beugte sich aus dem Fenster. „Wer hat dir erlaubt rauszufliegen?"
„Nicht erlaubt rauszufliegen", antwortete die Oma wahrheitsgemäß und kaute weiter an dem Akazienblatt.
„Komm sofort zurück! Du fällst noch runter!"
Aber die Oma sah sehr sicher aus. Die vielen Trainingsstunden und ihre kräftigen Flügel gaben ihr ein Selbstvertrauen, das sie vorher nicht gehabt hatte.
„Ich bin ein hässliches Entlein. Ich warte auf Schwäne", teilte sie Elias fröhlich mit.
Elias sah sie entgeistert an.

„Du bist kein Entlein, Undu", erwiderte er. Er versuchte ruhig zu sprechen, aber die Stimme versagte ihm vor Aufregung. „Und ein Schwan bist du auch nicht. Schwäne sind größer und haben lange Hälse. Guck deinen Hals an."
Die Oma beugte den Kopf nach unten und wollte ihren Hals anschauen, aber es ging nicht.
„Wo ischt mein Hals? Habe ich keinen Hals?", wunderte sie sich und rutschte auf dem Ast hin und her. Elias hatte Angst, dass sie herunterfiel.
Da kam ihm eine Idee, wie er sie überlisten und wieder hereinlocken könnte. „Komm her und schau dich mal im Spiegel an!", rief er. „Du wirst sehen, was für einen Hals du hast!"
Das wirkte. Oma Undu wedelte mit den Flügeln, stieg auf und flog wieder ins Zimmer herein. Elias holte tief Luft und schloss schnell das Fenster. Dann ging er Vaters Rasierspiegelchen im Badezimmer holen und stellte es vor Undu hin. „Jetzt guck, dass du kein Schwan bist", sagte er. Undu schaute neugierig in das Spiegelchen hinein. Der Anblick ihrer selbst überraschte sie so, dass sie vor Erstaunen aufkreischte.
„Was ischt das?", fragte sie und berührte mit dem Zeigefinger das Spiegelglas, als ob sie sich überzeugen wollte, woraus die Undu gemacht war, die da ihr gegenüberstand.
„Was das sein soll? Das bist du, Undu", versicherte Elias ihr.
Die Oma sah sich lange schweigend an. Dann fasste sie sich an den Hals, bewegte ihn von einer Seite zur anderen, hob den Kopf und schaute Elias mit ihren Rosinenaugen an.
„Bin kein Schwan", gab sie zu. „Aber was bin ich?"
Elias stutzte. Auf einmal wusste er nicht, wie er antworten sollte. Undu war eben Undu, die Oma aus dem Ei, oder nicht? „Du bist eine Oma. Aber keine gewöhnliche. Du bist

eine Oma mit Flügelchen, die aus einem gelben Ei geschlüpft ist", erklärte er.
„Bin alleine?"
„Du bist nicht alleine, du hast doch mich", beruhigte Elias sie, weil er sah, dass ihre Augen sich mit Tränen füllten. „Du hast mich und ich habe dich."
Seine Antwort beruhigte die Oma nicht. Sie zog Elias näher zu sich heran und musterte ihn lange und aufmerksam.
„Du bischt keine Oma mit Flügelchen", sagte sie schließlich.
Elias verstand, was sie meinte, und wusste, dass sie recht hatte. Soweit es ihn betraf, war er nicht allein. Er konnte mit Emil, Viktoria, mit Milan spielen – das alles waren Kinder wie er. Jeder ein wenig anders, aber irgendwie doch alle gleich.
Oma Undu hatte niemanden, der so war wie sie.
„Keine Angst", sagte Elias. „Du bist bestimmt nicht die einzige Oma mit Flügelchen auf der Welt."
Auch das machte Oma Undu nicht fröhlicher. Sie gab Elias einen Kuss auf die Nase, aber es war ein trauriger Kuss.
„Mach, dass ich ein Schwan bin", bat sie.
„Das kann ich nicht. Also sei nicht traurig. Du bist kein Schwan, aber das ist doch kein Grund zum Weinen", redete Elias ihr gut zu. Er machte sich Vorwürfe, dass er ihr den Spiegel überhaupt gezeigt hatte. Was sollte er nur tun, um sie zu trösten?
Schließlich fiel ihm Mamas beliebtestes Sprichwort ein. Es schien wie gemacht für einen solchen Fall: „Du wirst sehen, es wird schon irgendwie!"

Kapitel 19

Tag T.

Der Samstag nahte und die Vorbereitungen für das Drachensteigen waren in vollem Gange. Die Kinder erzählten sich jeden Tag, wie weit sie mit dem Basteln waren.
„Mein Opa hat gestern das Kreuz gemacht", meldete Milan. „Morgen bekleben wir es mit Papier."
„Ich habe dem Drachen schon ein Gesicht aufgemalt", erzählte Lucy. „Er schielt ein bisschen, aber dafür hat er einen Schnurrbart!"
„Mein Drachen hat einen zehn Meter langen Schwanz", gab Emil an.
„Und mein Drachen ist eine Drachin, ätsch!", schrie Viktoria. „Sie hat herausnehmbare Zähne, wie ich!"
„Wir – ich und Papa – machen keinen Drachen, sondern eine Rakete", verriet Gregor. „Weil Raketen die schnellsten sind und am höchsten fliegen!"
„Und du, Elias?", fragte die Lehrerin. „Wie weit bist du mit deinem Drachen?"
„Ist bald fertig", antwortete Elias schnell und beugte sich wieder über sein Heft, damit die Lehrerin ihn nicht weiter ausfragen konnte. In Wirklichkeit war er mit dem Drachen gar nicht weit. Eigentlich war er mit dem Drachen überhaupt nirgendwo. Ein paar Mal hatte er dem Vater gegenüber den Drachenwettbewerb erwähnt, aber der Vater hatte nur genickt, sich vor den Computer gesetzt und weiter über sein neues Spiel nachgedacht.

Es musste eine sehr anstrengende Arbeit sein. Er verbrachte ganze Abende am Computer, stirnrunzelnd, seufzend, trank dabei eine Tasse Kaffee nach der anderen und bemerkte gar nicht, was um ihn herum passierte. Wenn die Mutter oder Elias ihn etwas fragten, antwortete er meistens nicht oder sagte: „Ja, sicher." Aber auf was er „ja, sicher" antwortete, wusste er sicher nicht.

„Schluss-Broccolimus-Käsefuß-Fetter-Popelesser-Bepisstes-Gespenst – Ich hab genug!", schimpfte wieder einmal Elias. Zuerst mit seiner leisen Stimme, dann auch mit der lauten. Er gab allerdings acht, dass ihn die Oma nicht hörte. Aber weder das leise noch das laute Geschimpfe hatte geholfen – der Vater war vom Computer wie besessen. Und der Drachenwettbewerb rückte immer näher ... Sogar die Mutter, die sonst voll und ganz mit ihren Schlössern und Burgen beschäftigt war, hatte Mitleid mit Elias.

„Wir versuchen den Drachen alleine zu basteln, ohne Papa", schlug sie eines Tages vor. Sie verbrachten den ganzen Nachmittag damit, Holzstäbchen zusammenzubinden und Papier aufzukleben. Elias machte den Schwanz und zeichnete dem Drachen große Augen, Sommersprossen und einen lachenden Mund.

Schließlich waren er und die Mutter mit ihrem Werk ganz zufrieden, aber als sie am nächsten Tag in den Park gingen, um einen Probeflug zu machen, schnellte der Drachen in die Höhe, blieb für einen Augenblick in der Luft stehen, damit er Elias von oben sehen konnte, und stürzte dann kopfunter zu Boden. Er blieb auf dem Ast einer hohen Buche hängen und zerbrach in zwei Teile. Die eine Hälfte fiel in den Teich mit Seerosen und die zweite blieb oben im Baum. Das Einzige, was vom Drachen übrig blieb, war ein Knäuel Schnur in Mamas Hand.

Elias war zum Heulen zumute.

„Elias, ich schaffe das wirklich nicht", sagte die Mutter traurig. „Ich kann alte Bilder und Wandgemälde restaurieren, Statuen und Stoffe, ich könnte auch ein Fenster in der Kirche ausbessern, aber einen Drachen so zu machen, dass er sich in der Luft hält, das kann ich nicht."

Am Freitag erinnerte die Lehrerin die Kinder nochmal an Ort und Zeit des Drachensteigens.

„Ich komme vielleicht nicht", sagte Elias.

„Warum?", wunderte sich die Lehrerin.

„Vielleicht werde ich krank sein", teilte Elias ihr mit, und um die Ausrede glaubwürdiger zu machen, hüstelte er ein wenig.

„Das wäre wirklich schade", bedauerte die Lehrerin. „Ich habe die Wettervorhersage gehört und es soll ein Superwind wehen. Ich glaube, die Drachen werden wunderbar fliegen!"

„Aber ich habe Halsweh", versicherte Elias ihr mit seiner lauten Stimme. Mit der leisen, die die Lehrerin nicht hören konnte, schrie er: „Ich komme nicht, weil mein Vater sich ein neues Spiel ausdenkt und weil er mit mir keine Zeit verlieren darf!"

Als die Mutter ihn von der Schule abholte, sah sie aufgeregt aus. Diesmal musste sie nicht in die Bücherei und musste auch nicht einkaufen, sondern wollte auf schnellstem Wege wieder nach Hause und trieb Elias zur Eile an.

„Was ist denn los?", fragte Elias verwundert.

„Heute ist Tag T. für Papa."

„Was ist das, Tag T.?"

„Tierisch wichtiger Tag. Papa hat sein neues Spiel abgegeben und heute erfährt er, ob er gewonnen hat und ob er auf diese Messe nach Australien fahren kann“, erklärte die Mutter.
„Meinst du, er wird fahren?“, wollte Elias wissen.
„Ich glaube ja“, sagte die Mutter voller Überzeugung. „Er hat sich solche Mühe mit dem Spiel gegeben, dass er den Wettbewerb bestimmt gewinnt.“
Zu Hause bereiteten sie alles für eine kleine Feier vor. Mutter backte Papas Lieblingskuchen, Elias deckte feierlich den Tisch und dann mussten sie nur noch darauf warten, dass der Vater nach Hause kam.

Um die Zeit zu überbrücken, wollte Elias ein wenig mit Oma Undu trainieren, aber sie ließen es bald sein. Undu machte das Fliegen im Zimmer keinen Spaß mehr. Es kam ihr alles zu eng vor, und vom Schrank zur Tür war es für sie ein Klacks.
„Gehen wir raus!“, versuchte sie Elias zu überreden. „Gehen wir im Park fliegen.“
„Heute nicht, Undu. Gleich kommt mein Vater und ich will wissen, ob sein Spiel gewonnen hat.“
„Vater spielt?“ Die Oma machte große Augen.
„Nein. Er kann es nicht einmal richtig ...“ Elias wurde traurig.
„Er denkt sich Spiele aus – das ist seine Arbeit.“
„Arbeit? Was ischt das, Arbeit?“
„Das ist etwas, was du machst und wofür du Geld bekommst.“
„Auch wenn du’s nicht kannst?“, wunderte sich die Oma.
„Na ja ...“ Elias versuchte etwas zu erklären, was er selber nicht richtig verstand. „Papa kann mit dem Computer gut umgehen, er kann nur nicht spielen.“
„Dann zeig’s ihm“, riet die Oma.

„Das geht nicht“, sagte Elias. „Er hat keine Zeit.“
In dem Augenblick hörte er den Schlüssel im Schloss und lief hinaus in den Flur.
„Hast du gewonnen?“, rief er seinem Vater entgegen, noch bevor die Mutter etwas fragen konnte. „Fährst du nach Australien?“
Der Vater legte seine Aktentasche auf den Stuhl, zog sich Schuhe und Mantel aus, und erst dann sah er die Mutter und Elias an. Ganz langsam schüttelte er den Kopf.
„Du hast nicht gewonnen?“, fragte Elias enttäuscht. „Wieso?“
„Weil ich nicht der Beste war.“
„Das haben sie dir gesagt?“, wunderte sich die Mutter.
„Haben sie“, sagte der Vater und nickte. „Aber auch wenn sie es mir nicht gesagt hätten, hätte ich es erkannt. Mein Spiel war gut durchdacht, schlau, hat hübsch ausgesehen, aber im Vergleich zu den anderen war es nicht unterhaltsam genug. Man sieht an meinem Spiel, dass es jemand gemacht hat, der keine Kinder hat, haben sie gesagt.“
„Der keine Kinder hat?“, wiederholte die Mutter verständnislos.
„Und was bin ich? Ein Krokodil?“, rief Elias.
Der Vater lachte nicht. Er zog Elias näher an sich heran.
„Du bist mein Junge, für den ich schon lange keine Zeit gefunden habe“, sagte er.
Seine Stimme klang, als ob ein Bonbon in seinem Hals stecken geblieben wäre. Er drückte Elias an sich.
„Ich habe es heute ganz klar gemerkt. Und du sollst wissen, dass ich das viel schlimmer finde, als dass ich nicht gewonnen habe. Glaubst du mir das?“
Elias umarmte den Vater. Er tat ihm leid, und Elias sah, dass er Aufmunterung brauchte.

„Du kannst noch gewinnen", flüsterte er ihm ins Ohr. „Wirklich! Du kannst noch ein großes Eis gewinnen! Aber wir müssen uns beeilen, der Wettkampf ist schon morgen!"

Kapitel 20

Welcher Drachen fliegt am höchsten?

Sie bastelten an dem Drachen bis tief in die Nacht hinein. Der Vater ging das Ganze erst wissenschaftlich an. Nach dem Abendbrot machte er sich am Computer einen Entwurf und machte eine Liste, was sie alles brauchen würden. Dann gingen sie los, um die nötigen Sachen zu kaufen, mussten aber feststellen, dass alle Geschäfte schon geschlossen hatten.
Damit endete der erste, wissenschaftliche Teil der Vorbereitungen und es begann der zweite, viel lustigere und aufregendere, voll mit glücklichen und weniger glücklichen Zufällen.
Die Mutter fand in der Schublade noch die Holzstäbchen, die von dem sommersprossigen Drachen übrig geblieben waren, aber sie reichten nicht. Elias ging zur Nachbarin im zweiten Stock und fragte, ob sie ihm welche leihen könnte. Die Nachbarin hatte keine Holzstäbchen, aber dafür gab sie ihm zwei Bambusstöcke, die von der Jalousie an ihrem Wohnzimmerfenster abgebrochen waren. Sie waren genau richtig lang und dünn und sehr fest.
Der Vater bastelte daraus das Drachenkreuz und machte sich dann auf die Suche nach Pergamentpapier. Irgendwo hatte er mal gelesen, dass ein richtiger Drachen aus Pergamentpapier hergestellt werden müsste. Die Mutter meinte, dass er sich mit etwas weniger Richtigem zufriedengeben musste, nämlich mit Backpapier. Aber das war zu schmal, sodass sie die ganze Wohnung und den ganzen Keller durchwühl-

ten um etwas Richtiges zu finden. Sie fanden jedoch nichts Passendes. Schließlich fiel Elias das gelbe Papier von Omas Schuhpaket ein. Es war zwar auf der einen Seite ein wenig eingerissen, aber das konnte man kleben. Die Mutter bügelte das Papier und der Vater befestigte es auf dem Kreuz. Es ging ihm nicht sehr gut von der Hand, doch Elias half ihm, wo er konnte, bis sie es geschafft hatten.

Eigentlich sah der Drachen aus, als hätte er gerade eine Zahnoperation hinter sich oder als hätte er sich bei einem Boxkampf einen saftigen Kinnhaken eingehandelt - aber die Mutter behauptete, er sei sehr hübsch. Sie schnitt kleine bunte Stoffstreifen und flocht einen Schwanz daraus, während Elias dem Drachen ein Gesicht aufmalte.

Diesmal machte er keine Sommersprossen, dafür aber eine riesige Nase und deutliche Augenbrauen. An einer Stelle rutschte ihm die Hand weg und es entstand ein ungeplanter Haken. Die Mutter riet Elias, er solle doch eine Brille daraus machen.

Schließlich, nach all der Mühe und Aufregung, nach all dem Planen und Umplanen, lag auf dem Küchentisch ein bebrillter Drachen mit einer Nase wie eine Gurke und mit einem so teuflischen Aussehen, dass Elias Angst hatte, ihn über Nacht in der Küche zu lassen.

„Fürchtest du, dass er in der Nacht zu dir kommt?“, fragte die Mutter.

Elias schüttelte den Kopf, schloss aber für alle Fälle den Drachen in der Speisekammer ein und drehte zweimal den Schlüssel um.

Es war schon spät, als Elias ins Bett kam, aber trotzdem konnte er nicht einschlafen. Er fragte sich, was für Drachen die anderen Kinder haben würden, ob wirklich ein Superwind wehen würde, wie die Lehrerin versprochen hatte, ob ein bebrillter Drachen genauso fliegen würde wie einer mit Sommersprossen und wie groß wohl das Eis für den Sieger sein würde.

Er dachte auch ein wenig über Papas Computerspiel nach. Es tat ihm leid, dass es nicht unterhaltsam genug geworden war. Er nahm sich vor, mit seinem Vater mehr Geduld zu haben und mit ihm und seiner Mutter das Spielen ein bisschen zu trainieren. Sie würden es bestimmt lernen! Wenn die Oma aus dem Ei Laufen und sogar Fliegen gelernt hatte, warum sollte er den eigenen Eltern nicht das Spielen beibringen können!

„Gehen wir morgen in die Schule?", ertönte plötzlich in der Dunkelheit Omas Stimme. Elias beugte sich über den Bettrand und zog den Karton unterm Bett hervor. Oma Undu lag eingepackt im Handschuh, aber ihre Augen waren offen und wach. Wahrscheinlich konnte sie auch nicht einschlafen.

„Morgen ist Samstag. Die Schule ist zu", sagte Elias.

„Park ischt auch zu?"

„Aber nein, morgen ist doch im Park das Drachensteigen! Wir gehen alle hin. Und dann sehen wir, welcher Drachen am höchsten fliegt."

„Sehen wir!", jubelte die Oma. „Unser Drachen fliegt am höchsten!"

„Okay, ich nehme dich mit", sagte Elias. „Aber du musst mir versprechen, dass du die ganze Zeit in meiner Tasche bleibst, damit dich keiner sieht. Klar?"

„Klar", sagte die Oma zufrieden und schloss die Augen.

„Was ischt das: versprechen?", fragte sie nach einer Weile. Doch Elias war nach langem Hin- und Herwälzen endlich eingeschlafen, sodass Oma Undu keine Antwort mehr bekam.

Am nächsten Tag schliefen sie lange, aber sie verschliefen nichts, weil das Drachensteigen erst nach dem Mittagessen begann. Alle bereiteten sich gründlich vor. Der Vater zog sich ein blaues Hemd an, die Mutter band ihre Prinzessinnenhaare fest zusammen, damit sie nicht ungehorsam im Wind wehten, die Oma setzte ihren Hut auf, steckte die Brille in den Dutt und kletterte in Elias' Jackentasche. Von da aus hatte sie eine gute Aussicht, wegen dem Loch in der Naht. Elias nahm den Drachen und es ging los.
Die Wiese hinter dem Spielplatz war schon voller Kinder. Milan war da mit einem Drachen, der aussah wie ein süßer Windbeutel; Viktoria war da und ihre Frau Drachin, die zwar keine herausnehmbaren Zähne hatte, aber auch wie Viktoria keine Mohrrüben aß; Emil brachte einen knallroten Drachen mit, und auch wenn keiner den Schwanz maß, war er bestimmt der längste von allen Drachenschwänzen auf der Wiese. Gregor kam mit einer Papierrakete, und Lucy mit ihrem chinesischen Opa und einem Drachen aus Seide.
Elias schämte sich ein wenig für seinen Drachen. Er war der kleinste von allen und obwohl die Mutter das gelbe Papier ordentlich gebügelt hatte, sah er zerknittert aus.
Der Lehrerin gefiel er jedoch sehr. „Gut, dass du ihm eine Brille aufgemalt hast! So sieht er, wo er hinfliegen soll und baut keinen Unfall“, sagte sie und band dem Drachen die Nummer fünf auf den Schwanz. Dabei schaute sie Elias an. „Ich hatte schon Angst, du kommst nicht. Geht es dir besser?“
Elias nickte schnell und hoffte, dass sie ihn nicht weiter über seine Gesundheit ausfragte, damit er seiner Mutter nichts erklären musste. Zum Glück hatte die Lehrerin keine Zeit

mehr. Denn nun begann der richtige Drachenwind zu wehen und es war Zeit, den Startschuss zu geben.
„Alle Drachen auf die Plätze, fertig, wir fangen an!“, rief die Lehrerin durch das Megafon. So konnte man sie auf der großen Wiese gut hören.
Die Kinder, Eltern, Opas und Omas spurteten los und versuchten, ihre Drachen steigen zu lassen. Als Erster gelang es Lucy. Ihr seidener Drachen stieg auf, als wäre es die natürlichste Sache der Welt. Gleich nach ihm löste sich Milans Windbeutel vom Boden. Viktorias Mutter lief mit Frau Drachin kreuz und quer über die Wiese, bis sie ganz erschöpft war – aber es tat sich nichts.
„Ich starte Ihren Drachen“, bot Lucys chinesischer Opa galant an. Er schnappte sich die Drachin mit geübtem Griff und in einer Minute war sie oben.
Emils Drachen hatte wegen seines übergroßen Schwanzes einen schweren Start, aber sobald er schwebte, steuerte er direkt nach oben und holte bald Lucys seidenen Drachen ein. Es war offensichtlich, dass die beiden sich in der Luft wie zu Hause fühlten. Sie waren nicht einzuholen und es schien, als ob sie die anderen von oben herab auslachten.
Gregors Rakete hatte zwar einen erfolgreichen Start, aber dann fing sie an, in der Luft Purzelbäume zu schlagen. Schließlich fiel der ganze untere Teil ab.
„Wir werfen nur den verbrauchten Treibstofftank ab!“, erklärte Gregors Vater und zog an der Schnur, damit der restliche Teil der kaputten Rakete auch ja in der Luft blieb.
Am schlimmsten war Elias’ bebrillter Drachen dran. Er wollte und wollte nicht nach oben, auch wenn sie es nacheinander alle versuchten. Nicht einmal der chinesische Opa konnte mit ihm umgehen.

„Das ist ein irdischer Drachen“, sagte er und zuckte bedauernd mit den Schultern, als er Elias den Drachen zurückgab. „Er will nicht fliegen.“
Elias’ Vater versuchte es trotzdem wieder und wieder. Er lief mit dem Drachen dem Wind nach und dann gegen den Wind, er sprang mit dem Drachen in die Luft, versuchte es stehend auf einer Bank: Alles umsonst!
Der Vater hatte sein himmelblaues Hemd schon ganz durchgeschwitzt, aber der Drachen hielt sich starrköpfig auf der Erde und grinste mit seinem Teufelslächeln.

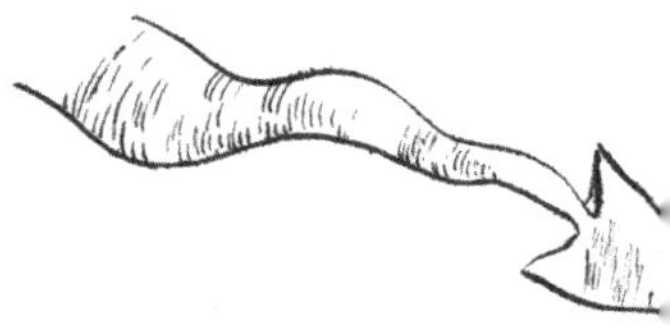

„Es hat sich wohl ausgeflogen“, gab der Vater die Niederlage zu. „Das ist eine lahme Ente und zum Fliegen hat sie wahrscheinlich keinen Ehrgeiz.“ Er setzte sich auf die Bank und keuchte erschöpft. Er war enttäuscht und die Mutter war auch enttäuscht und Elias war der Enttäuschteste von allen.
Er brauchte nicht zu gewinnen. Ihm tat es nur leid, dass von allen Drachen auf der Wiese seiner als Einziger nicht ein bisschen geschwebt war. Nicht mal ein paar Meter!
Da fasste Elias einen Entschluss. „Komm, ich versuche es nochmal“, sagte er zu seinem Vater, nahm den Drachen am Kreuz und betrachtete ihn aufmerksam. Ja, er war ein wenig verknittert, aber sollte ihn das am Fliegen hindern? Der Schwanz war vielleicht zu kurz, aber Milans Windbeutel hatte gar keinen Schwanz und flog wunderbar!
Was war der Grund, warum es nicht klappte? Was hatten sie falsch gemacht? Elias beschloss den Start von dem kleinen Hügel auf der anderen Seite der Wiese zu probieren. Dort war niemand. Vielleicht würde es dem Drachen dort besser

gefallen! Vielleicht war er ein Einzelgänger und schätzte allgemeine Aufmerksamkeit nicht.

Er überließ der Mutter das Knäuel mit der Schnur, und sie gingen über die Wiese. Als sie am Hügelchen angekommen waren, frischte der Wind wieder auf. Elias packte den Drachen so fest es ging, hob ihn über den Kopf und lief los. Die Mutter blieb stehen und ließ die Schnur zwischen den Fingern abrollen.

„Wedel, wedel, wedel!", feuerte Elias den Drachen genauso an, wie er es in den Flugstunden mit Oma Undu gemacht hatte. Er war schon auf der Hälfte des Abhangs, als er fühlte, wie der Drachen in seiner Hand unruhig wurde.

„Ich lasse los!", rief er und lockerte den Griff. Der Drachen verließ seine Hand und begann zu steigen. Die Mutter zog schnell die Schnur ein wenig an, damit er sich richtig gegen den Wind stemmen konnte, und lockerte sie gleich wieder, damit er an Höhe gewann. Langsam und mühevoll stieg der Drachen mit der Brille auf, und je mehr sich sein grinsendes Gesicht entfernte, desto weniger teuflisch wirkte es.

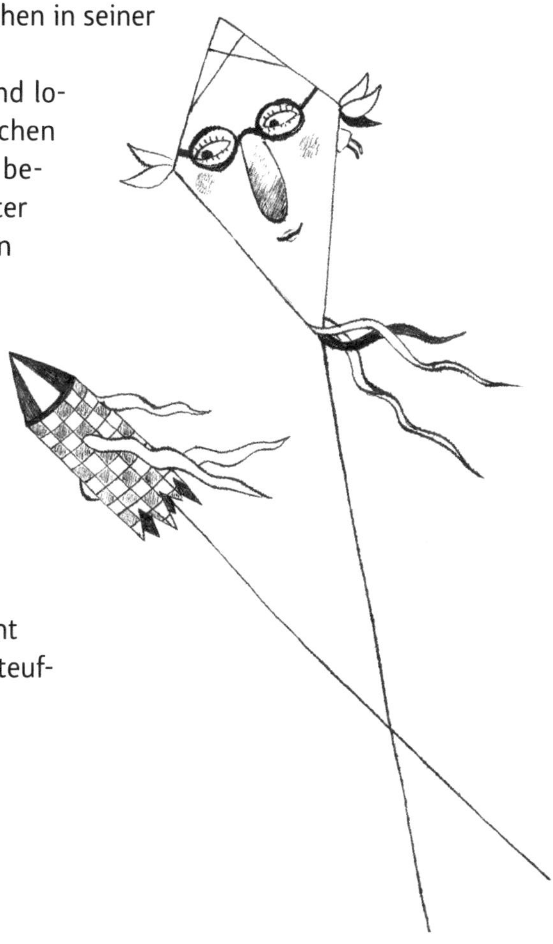

Elias blieb stehen und betrachtete ihn. Das gelbe Papier hob sich von dem wolkenlosen Himmel ab, und die Augen hinter den Brillengläsern schauten herunter auf Elias, als würden sie sagen: „Ich bin hier, und wo bist du?“ Der Schwanz aus bunten Stoffstreifen flatterte lustig im Wind.

Plötzlich entdeckte Elias etwas Blaues an einem Drachenohr. Er schrie vor Schreck auf. War das Oma Undus Schürze? Elias griff schnell in die Tasche. Tatsächlich – sie gähnte vor Leere!

In diesem Augenblick neigte der Wind den Drachen und Elias sah deutlich den bekannten Strohhut und Omas Beinchen, hinter denen rote Schnürsenkel schlackerten.

Oma Undu hielt sich an einem Bambusstäbchen fest und wedelte mit aller Kraft mit den Flügeln, sodass sie mit dem Drachen höher und höher stieg.

„Wunderbar!“, schrie der Vater, der währenddessen zu Elias gelaufen war. „Du hast es geschafft!“

„Bravo, Elias!“, rief vom anderen Ende der Wiese die Lehrerin und beobachtete den bebrillten Drachen, wie er sich ständig weiter entfernte. Er überholte schon Gregors Rakete, umkreiste die Drachin, ließ Milans Windbeutel unter sich und näherte sich Emils Langschwanz.

„Halt ihn gut fest!“, rief Elias der Mutter zu und ließ den kleinen blauen Punkt hinter dem Drachenohr nicht aus den Augen. „Damit er nicht wegfliegt!“

„Keine Angst, ich habe mir die Schnur um das Handgelenk gebunden“, beruhigte die Mutter ihn, die in den Himmel guckte und fröhlich lächelte. Sie sah die Oma nicht. Keiner sah sie. Alle dachten, dass der bebrillte Drachen allein aufgestiegen war. Nur Elias wusste, dass es ohne Omas Hilfe nie gegangen wäre.

„Guckt mal, unserer ist am höchsten!“, rief der Vater begeistert. Er hatte recht. Die Oma trug den bebrillten Drachen so hoch hinauf, dass er sogar Emils Langschwanz und Lucys Drachen aus Seide hinter sich ließ. Er schwebte weit ins Blaue hinein, schaukelte im Wind, und der chinesische Opa war voller Bewunderung.
„Das ist kein irdischer Drachen“, korrigierte er seine ursprüngliche Meinung und verbeugte sich vor Elias. „Das ist ein himmlischer Drachen!“
Plötzlich zuckte die gespannte Schnur in Mutters Hand.
„Was ist passiert?“, rief Elias.
„Er hat sich losgerissen!“
Tatsächlich, der Drachen hatte sich von der Schnur befreit und flog fort! Noch eine Weile war sein grinsendes Gesicht zu erkennen, dann verwandelte er sich in einen kleinen gelben Punkt und verschwand schließlich in der unendlichen Höhe. Der Mutter schwebte nur noch die abgerissene Schnur entgegen.
An dem einen Ende der Schnur baumelte etwas. Es fiel ins Gras und Elias lief darauf zu: Es waren Omas Schuhe! Sie hatte die Schnürsenkel einfach zusammengeknotet, weil sie doch keine Schleife binden konnte. Das hatte ihr Elias noch nicht beigebracht ...
„Das Wettfliegen der Drachen ist zu Ende!“, meldete in dem Augenblick das Megafon der Lehrerin. „Alle Teilnehmer zu mir!“
Niedergeschlagen schlich Elias zu den anderen hinüber. In der Hand hielt er Omas Schuhe und in seinen Augen standen Tränen. Er hatte Oma Undu verloren! Sein Drachen hatte sie ihm weggerissen!
„Der absolute Gewinner ist Drachen Nummer fünf!“, verkün-

dete das Megafon und um Elias herum ertönte donnerndes Klatschen.
„Hurra, wir haben gewonnen!“, jubelte der Vater.
„Unser Gelber hat gewonnen!“, jubelte auch die Mutter. „Freust du dich?“
Elias nickte. Doch über seine Wangen liefen Tränen hinunter.
„Warum weinst du?“, fragte Milan und stupste ihn an. „Du hast das Eis gewonnen!“
„Es tut ihm leid, dass sein Drachen weggeflogen ist, nicht wahr?“ Die Lehrerin beugte sich zu Elias herunter. „Sei nicht traurig. Dein Vater macht dir einen anderen, du wirst sehen!“
„Ich mache dir einen besseren“, versprach Papa. „Aus Pergamentpapier!“
„Himmlische Drachen gehören in den Himmel“, sagte der chinesische Opa weise. „Er sucht sich dort andere Drachen!“
Seine Worte und auch die weiche Aussprache erinnerten Elias an etwas. Er erinnerte sich, wie die Oma in den Spiegel geschaut und traurig gesagt hatte: „Du bischt keine Oma mit Flügelchen!“ Sie war traurig gewesen, dass sie allein war. Dass um sie herum keine anderen Omas aus Eiern geschlüpft waren, mit denen sie spielen, mit denen sie reden konnte. Vielleicht hatte sie sich nun auf den Weg gemacht, diese anderen Omas zu suchen? Sobald sie sie gefunden hatte, wollte sie zurückkommen. Ganz bestimmt. Deshalb hatte sie Elias zur Erinnerung ihre Schuhe dagelassen. Damit er sicher sein konnte, dass sie ihn nicht für immer verlassen hatte. Damit er auf die Schuhe aufpasste, bis sie wiederkam.
„Einen Windbeutel für den süßesten Drachen erhält die Nummer drei“, fuhr die Lehrerin mit der Siegerehrung fort.
„Einen seidenen Preis für den schönsten Drachen erhält die Nummer zwei ...“

Und so ging das weiter. Jeder gewann etwas und zum Schluss gingen alle zusammen feiern in das Restaurant am Seerosenteich. Die Mutter dachte nicht an ihre Schlösser und Burgen, der Vater sehnte sich nicht nach seinem Computer, niemand hatte es eilig, alle genossen den warmen Samstagnachmittag. Die Sonne schien, es wehte ein herrlicher Wind und in den Ästen der Bäume zwitscherten Vögel.
Elias leckte langsam sein Eis und es schien ihm, als würde er in dem Vogelgesang Oma Undus lustiges Lied hören:

Oma Undu kann sehr viel,
Schwimmen wie ein Krokodil,
Kann hoch springen, singen süß,
Auch schön grüßen: Hallo - tschüs!